This is

your

happy ending

This is

your

happy ending

當你們終於在一起

Middle ————

著

This is
your
happy ending.

目錄‧CONTENTS

This is

your

happy ending

006

This is
your
happy ending

01／ 開始

This is
your
happy ending

張綺玲

1

「你……」

「嗯？」

「那麼……我們現在是什麼關係？」

她鼓起僅餘的勇氣，輕聲去問坐在她身旁的薛子文。

他的右手，正在牽著她的左手，是在一分鐘之前，他輕輕牽起了她的手。

「我……」薛子文努力地吸一口氣，像是也在鼓起最大的勇氣，然後望向她，笨拙地，溫柔地問：「我可以做你的男朋友嗎？」

她依然低著頭，沒有作聲，只是臉上漸漸流露出的喜悅，卻是越來越濃。

　　「你不拒絕我，我就當作你答應了啊？」

　　他興奮地追問，又有點擔心她會反口，於是改用雙手捉起了她的左手。她就只是甜甜地微笑，任由他牽著自己的手，從西環走到去中環碼頭，再從尖沙嘴碼頭走到去黃埔。

　　直到去到她的家樓下，直到地鐵的尾班車就要開出了，他才捨得放開她的手，依依不捨地問：「我們明天再見，好嗎？」

　　「好啊。」她輕快地點頭。

　　「去看電影？」

　　「都依你。」

　　他咧嘴笑了一下，她覺得他就像個孩子一樣，心裡甜滋滋的。她向他說了再見，走進大廈裡乘上電梯，她輕輕呼口氣，嘗試稍微沖淡依然充斥在心裡的幸福夢幻感，又忍不住看著電

This is
your
happy ending

梯鏡子牆壁裡的自己傻笑。

踏進家門，手機剛好收到薛子文的訊息，對她說他已走到地鐵站月台，準備乘搭最後一班列車。她輕輕地步進自己的睡房，不想吵醒已入睡的母親，坐在床上，憑藉昏黃的檯燈回覆他的訊息，結果這一回覆，轉眼一個多小時又過去了。

直到她終於捨得放下手機，她打開衣櫃，拿出一套乾淨的睡衣，心裡想著待會要快點洗完澡，之後就可以繼續躺在床上，和他傳訊息聊天。她記得，他每次洗澡都洗得好快，試過有一次，他在訊息裡說要去洗澡，只是五分鐘後他又傳訊息來說已經洗好了，讓她不禁懷疑他有沒有洗乾淨，或是他其實有沒有洗。後來她知道，他是因為喜歡和自己聊天，所以才會洗得這麼快。想到這裡，她又忍不住甜甜微笑一下。

過了一會，本來已走進浴室的她，忽然又走回睡房，拿起手機，在傳送給程一航的訊息欄裡輸入：「我們在一起了 :D」，按下「發送」，才再次回到浴室開始洗澡。

手機螢幕上，不一會就已經出現了兩個已讀的藍剔符號。

然後，五分鐘後，「程一航」傳來了一個回覆。

就只有一個簡單的笑臉。

=)

程一航

1

　　時間快去到中午，他在公司裡，仍在努力忙著完成兩個廣告文案。

　　本來這天早上，他就可以完成這兩個文案。只是當他回到公司，老闆突然召喚，要他先細閱這一季新產品的品質檢定報告。結果他花了兩個多小時，才確認報告裡每一項數據與用字都合乎公司的預期。

　　他向老闆匯報了結論，再回到自己的座位，只感到有點頭昏腦脹。但文案提交的死線也就快到了。他微微苦笑一下，只能打起精神，拿起放在桌旁的薄荷香口珠放進口裡，繼續在鍵盤搜索更好的文字語句。

　　就在這時候，桌上的手機響了一聲，他望向螢幕，見到是

Elaine 傳來的訊息。

「有時間嗎」
「我想找人談一下」
「可以打電話給你嗎」

他呆了一下，因為 Elaine 平時很少在這個時間傳他訊息。他站起身，看見其他同事仍在埋首工作，於是拿起手機，悄悄地離開公司，走到後樓梯，按鍵致電給 Elaine。

這是他第一次打電話給她，他心裡不由得也有點緊張。她很快就接聽了電話。

「有什麼事嗎？」他輕聲問。

「謝謝你……」

是一把很柔軟的聲音，只是他接著也聽見了，她的啜泣聲。

「你現在身處什麼地方？」

「我⋯⋯在家裡。」

「哦⋯⋯」他有一點安心，但還是繼續問：「你為什麼哭了？」

「我和他⋯⋯分手了。」

「是你提出的嗎？」

「嗯。」

「那⋯⋯也好啊。」他輕輕呼一口氣，將身軀倚靠在牆壁。「早一點有個了斷，對你也是好的。」

「但是⋯⋯我真的很捨不得。」

「但變心的人、背著你出軌的人，是他啊。」

他才說完這一句，手機又傳出她的哭喊聲。

「是啊，是他變心⋯⋯我原本已經計劃了要為他慶祝今年

的生日，明年的生日，後年的生日⋯⋯原本已經打算和他結婚，就只等他來向我求婚⋯⋯」

「如果你們結婚了他才變心，那不是更慘嗎？」

「但他是我第一個喜歡的對象⋯⋯」

「是的，他是你第一個喜歡的人，但他不是你的全世界啊。不要把喜歡的人當成全世界。」

她沒有答話，又哭了好一會，說：「我現在會阻礙你工作嗎？」

「不會，我剛好完成了兩份文案。」他輕輕吸一口氣，問她：「那你現在打算怎麼辦？」

「我⋯⋯我會先執拾好行李，我後天要上機了。」

「你自己回來香港嗎？」

「嗯。」

「那就這樣吧，其他事情不要多想，先集中精神去執拾行李，餓了就吃一點東西，或是睡一會，盡量放鬆自己，好嗎？」

「嗯，知道。」

「如果想找個人聊天，也可以打電話給我。」

「謝謝你……幸好有你。」

「沒什麼，我剛好有空……好了，你不要再哭了，其實你已經很厲害啊，你有勇氣向他提出分手……」

之後，他在後樓梯繼續和她談電話，談到差不多下午兩點、午飯時間要結束了，才可以掛線。

回到公司裡，其他同事都已經外出午飯了。他看回自己電腦螢幕裡的廣告文案，忽然找到一點靈感，本來一直無法完成的句子，現在都可以隨心所欲地寫出來。他不由得有些興奮，因為他發現自己的狀態前所未有地好。

不一會，他完成了兩個廣告文案。他再翻閱兩遍，確認沒

有地方需要再修飾，於是用電郵將檔案傳送給相關的同事，然後走到茶水間，倒了一杯水給自己，一飲而盡。

他發現，心裡那一點興奮，未有半點平息，心跳聲反而越來越強烈，同時還有一種像是苦澀、又像是期待的感覺。

是有多久沒有試過這一種滋味？

他一邊走回座位，一邊努力回想。

同時間，他看到桌上的手機，又收到 Elaine 的訊息。他拿起來細看，見到她說會休息一會，晚點再打電話給他。他感到自己本來一直懸空的一顆心，忽然像是安穩著地了。

然後忍不住，微微苦笑一下。

他知道自己對 Elaine 這個女生，認真地動了心。

018

This is
your
happy ending

02／以前

This is
your
happy ending

張綺玲

2

一直以來，她都想要尋找一個，彼此互相喜歡、可以和她一起成長的終身伴侶。

看似簡單平常，但是當真的實行，她發現原來很難。最主要的原因，是她很多時會忘記了自己的初衷。

她的初戀對象叫 Martin，是一個外表相當不錯的男生。

兩人在美國留學時認識，最初本來是同學聚會裡經常碰面的朋友，後來因為他經常駕車送她回宿舍，兩人就發展成一對情侶。

她欣賞他的風趣幽默，但根據其他朋友的評價，他的幽默只會對她有效，相較之下他的外表比他的言談更有吸引力。但

是她從來不會對人承認這一點。

在一起後的第二個星期，她搬到他的房間同居。以前她從來沒有幻想過，會跟初戀對象這樣住在一起。可能是因為在外國留學的陌生環境，影響了她的想法，又可能是因為他實在太需要別人的照顧。

在她眼中，他就像是一個還沒有長大的小朋友，雖然在外國留學，但他不懂得自己做飯，也沒有定時清潔房間與衣服的習慣。他的生活就只有和朋友聚會、打籃球、哄女朋友，如果沒有最後這一點，她應該未必會乖乖就範搬進他的家。

在 Martin 眼中，她是因為真的很喜歡自己，所以才會和自己同居。而在美國，情侶同居是很平常的一件事。或許是因為這樣的開始，還是因為彼此都太年輕，他們都忽略了一些重要的事情。

他們每天都會見面，一起吃早餐或不吃早餐，一起遲到或一起曠課，一起逛街或一起宅在家裡。

對 Martin 來說，她是女朋友，也像是一個玩伴、照顧他的

家人。其實在很早很早的時候，他對她漸漸沒有愛情的感覺。只是他並沒有太多自覺，後來也不知道應該如何對她說明。只是她也沒有發現到，她仍然在期待，和初戀對象在一起應該會經歷到的浪漫與溫馨。即使在一起的這一年時間裡，她自己也對於要每天照顧他的生活起居，開始感到厭煩。

　　然後有天，她無意中發現，Martin 原來背著自己，在交友軟件認識了一個在同一間大學就讀的外國女生，而且還已經發生了幾次關係。被嚴重背叛的感覺，讓她很決絕地提出分手，以後也沒有再跟 Martin 這個人有任何來往。

　　在失戀後的一個月，她反思這段初戀的開始、過程與結果，她歸納出兩個重點：第一，要找一個懂得互相照顧的對象，而不是單方面地依賴對方或讓對方依賴。第二，可以與對方同步成長，願意為同一個目標一起前進與付出。

　　之後她又談了兩次戀愛。第一次，她以為找到了一個可以一同努力的對象。那個人叫阿力，跟 Martin 一樣，就讀同一所大學，只是她過去幾乎與他全無交集。是有一次，她下課後自己一個人乘車回家，阿力一直跟在身後並主動搭訕，她才留意得到他這個人。

阿力是一位運動型的男生。雖然外表沒有 Martin 那麼俊朗，但他積極健談、懂得照顧別人的個性，讓他在朋友圈裡經常處於領導發言的位置，她也很欣賞他的主見與行動力。

　　她有時會為自己過去沒有留意到阿力這個男生，而感到神奇。而阿力總會告訴她，因為他不是她所喜歡的類型。每次她都會為他這樣回答而感到有點生氣。

　　在一起約兩年後，兩人畢業回到香港發展。阿力原本打算和朋友一起創業，但結果卻到了一家經紀公司，負責公共關係的工作。而她則幸運地進了自己心儀的網絡媒體，成為市場策劃部其中一員，為公司增加粉絲及尋找商機。

　　兩人一同定下了目標，要在三十歲前結婚，也互相見過對方的家長。只是不知為何，他們之間的感情，比起留學時，反而變得越來越淡薄。以前每星期都會見兩三次面，但後來卻變得越來越少見面，最長甚至相隔三個星期。到了最後，更莫名其妙地分了手。

　　她一直都想知道，他們感情變淡的真正原因。在最後期的時候，她偶爾會感到他的心不在焉，會感到他對這段感情沒有

以前般熱衷。是因為自己有什麼地方做得不夠好嗎？是因為回到香港後，生活與環境出現變化而有所影響？但她就只能夠想起，和阿力在一起時的快樂片段，他擁著自己時的溫柔與氣味。

最後兩人決定分手，彼此也沒有任何吵架或冷戰，他就只是他很平靜地提出，她也像是早有預感地，平靜接受。只是她怎樣都忘不了，他最後看著自己的那一個落寞眼神。

三個月後，因為工作的關係，她認識了和她同齡的 Daniel。

在她眼中，Daniel 是一個十分細心體貼的男性，他總是會主動顧及她的感受，有時可能她自己尚未開口甚至念及，他就已經為著她的需要而有所準備。和他相處，她第一次感受到被別人細心看顧的感覺。後來她才知道，他並不是對每一個人都這樣，是因為她，才會有這一種特級待遇。

但是她沒有立即和他在一起。直到三個月後的情人節，她才答應去做他的女朋友。他知道她注重儀式感，因此每逢節日或紀念日，他都一定會空出時間去和她慶祝。她從來不需要為約會的行程煩憂，他總會準備好節目和好吃的餐廳。下個月想看的演唱會，下一個冬天想要去的東京旅行，他都會為她預先

編排計劃好，而這些事情在過往的戀愛裡，通常是由她自己來負責，即使那本來並不是她想要去看的演唱會、想要去的旅行。她已經習慣去照顧別人，卻沒想到有另一個人想要去照顧這樣的自己。這讓她第一次感受到一種被好好愛著的感覺。

她與 Daniel 在一起差不多有五年，曾經去到談婚論嫁的階段。可是最後，兩人還是分開了。

他依然對她很好，好到所有人都無法挑剔的程度，但是她也終於發現，又或者該說是終於記起，兩個人在一起，並不是只有待對方很好，就已經足夠。

她知道，他很懂她，他總是很懂得遷就女朋友，但這並不等於他也喜歡這一個遷就她的自己，也不等於，那就是真正的他。而更重要的是，她也無法去確認與感受，自己會不會喜歡，那一個並不最真實的他……自己有沒有信心，跟那一個真實的他共度餘生。

只不過，她也無法向 Daniel 清晰地坦白，這些想法與心理。越是想表達清楚，越是顯得言不由衷。越是想輕輕帶過，越是變得更加沉重。彷彿是誰犯了最大的錯，彷彿一切都是多餘的

胡思亂想。然後他想補救，但不知道應該如何補救。然後她想重新開始，但最後彼此都已經力竭筋疲。

最後，就只能不歡而散。

後來有很長很長時間，她變得不敢再對別人抱有愛情的期待。

因為她開始分不清楚，自己是需要別人對自己好，還是並不真正需要。她也分不清楚，自己是不是再值得別人的好，因為她曾經將所有人都讚頌、都勸她應該要留住的好人，狠心地推開了。

可能，自己原來並不懂得談戀愛。

可能，自己不應該再去展開一段愛情。

如果更多的錯愛，反而會令彼此都更難過，那倒不如自己一個人走下去，這樣也許會更好。

一個人，也不是不可以啊。

反正從小到大，她已經習慣了一個人。

至少不會再看到那些落寞而心碎的眼神。

至少，不會再一次承受那一份痛楚，而又無法讓對方明白
自己苦衷的鬱結與無力感。

程一航

2

　　在很早很早以前，在他年齡還小的時候，他就已經習慣了，不要對別人抱有太多期待。

　　他的父母很早已離婚。聽其他大人說，是因為父親對婚姻不夠忠誠，但隨著成長，他漸漸理解到，是兩人的性格與價值觀本來就不相合。與其問為什麼他們會分開，不如問為什麼他們會決定要結婚？

　　是因為自己出現在這個世界上吧。

　　但他的幼年、童年，甚至少年期，絕大部分時間，都不是與父母親或其中一方住在一起。

　　父母離婚後，父親得到了對他的撫養權。因為工作關係，

父親就將他送到嫲嫲的家，由嫲嫲來照顧。

每星期他可能會見到父親一天，有時可能兩星期才見到。

他從小便已習慣，不會有父母親來接自己放學，家長日不會有父母來學校出席。他真的已經習慣了，對此也沒有太多不愉快的感覺。

但嫲嫲的家，對他來說，始終不是一個愉快的家。

在嫲嫲的家裡，除了他，還有叔叔與姑姐同住。叔叔姑姐日間都要上班，直到晚上才會回來，因此平時他與嫲嫲的相處時間最多。嫲嫲是一位年過七十的長者，性格比較沉靜，最愛的活動就是拜佛及聽收音機，還有為家人織毛衣。

每天放學後回到家裡，換過衣服吃過午飯，他就會拿著書包和椅子，坐到窗邊去做功課。他對讀書頗有天分，因此功課通常很快便做完，大約一至兩個小時。之後他會拿出課本，溫習當天老師所教的課文，有時會翻看老師未教的、自己感興趣的科學實驗章節。

直到差不多下午五時，他就會收起課本，執拾好書包，然後坐在客廳一角靜靜不動。如果嫲嫲有家務要做，例如掃地、晾衣服，他會主動幫忙。如果沒事可做，他就會看著地板瓷磚的花紋，一邊假想在這細小的瓷磚裡，原來藏著一個有很多人居住的熱鬧城市，一邊看著時鐘，等叔叔與姑姐什麼時候回來吃晚飯。

　　通常是姑姐比較準時回家。等用過晚飯後，等姑姐看上去比較有空，他就會從書包掏出手冊及默書簿，請姑姐幫他簽名。這是學校規定，學生每天都要找家長簽名確認做好功課與默書成績。每次姑姐就只會默默地簽名，每次他都會說一聲「謝謝」，然後將手冊放回書包裡。

　　有一次他默書拿到一百分，姑姐看著默書簿好一會，忽然開口說了一句話：「每次都一百分，還有什麼好簽呢？」

　　他不知道是不是姑姐那天心情不好，還是自己做了什麼事情讓姑姐討厭，但從此以後，他變得更不敢去請姑姐幫他簽手冊。

　　叔叔在他小時候相當疼他，會擁著他一起睡覺。直到小學

四年級，有一次叔叔在深夜，突然將他拉下睡床，沒緣由地痛打他一頓⋯⋯自那天之後，他就不敢與叔叔睡在同一張床上，改為在客廳打地鋪。

　　嫲嫲、姑姐對他的態度，也由原本的不算親密，變得更加冷漠生疏。直到一年後他才明白，那時候原來是因為父親和他們有一些爭吵，埋下了太多心結，自己才會受到牽連。

　　他知道自己不會得到親人的疼惜，因此每天下課回家後，他都會變得小心翼翼，很在意屋子裡每一個人的臉色與動靜，怕自己會做了一些什麼讓嫲嫲不高興，換來她向叔叔告狀，然後得到更多言語或行動上的暴力對待。

　　假日時，如果父親沒有來探他或帶他出外，整天留在家裡，他也只能夠翻出課本，坐在一角不停溫習，盡量避免惹來家人的責備或討厭。其他同學會相約到公園遊玩，他也從未試過參與，因為他知道嫲嫲他們一定不會允許。做完功課想打開電視機看卡通片，也是一定不會允許。從前晚飯他喜歡吃嫲嫲烹調的煎雞翼，後來他越來越少機會吃到。即使他升上了心儀的中學，他也沒有特意告訴家人，因為他知道他們只會如往常一樣，沒有太多反應，沒有半點稱讚。

或許是因為這個緣故，隨著成長，他習慣了不會隨便對別人產生期待。

　　很多事情，他都寧願選擇獨自面對或完成。就算再不安或難受，他也不會向人傾訴或求助。相較同齡的其他人，他會顯得更沉靜與獨立，他比較享受自己一個人、不被別人注視的環境，但也會讓別人有一種難以理解的距離感。有時就連他的父親，也會感到不知道如何和他溝通，兩人難得相處時就只會說一些不著邊際的話，到了他踏入反叛期，他們更變得越來越少見面。

　　他並不是不渴望與別人連結。中學時他也談過兩次戀愛，但對他而言，這兩次戀愛也沒有讓他特別感到刻骨銘心。

　　或許是因為比同齡的人早熟，再加上他過往太善於觀察別人的神色，他對別人是否喜歡自己有一種特別的敏感與直覺，只是他卻未必分得清楚，自己也是真的喜歡對方，還是只不過喜歡，那些願意喜歡自己的人。因此那兩次戀愛，他自覺辜負了別人，對愛情的態度也變得更為優柔寡斷。

　　曾經他也試過遇到，一些讓他心動的對象。只是他總是會覺得，對方未必會喜歡自己。本來愛情的開始，很多時就不會

是兩情相悅，總會出現其中一方較為主動去爭取、另一方因為對方的靠近而開始回應或反思自己的感情。如果可以擦出火花，就會往愛情的方向前進，如果無感，就自然會漸漸變疏遠。這是不少人的愛情寫照。

但在他的情況下，如果只要他沒法確認對方也是喜歡自己，他就很容易會變得卻步不前，不會主動爭取，不會稍露自己的心意。他會開始尋找更多的蛛絲馬跡，去說服自己，對方不會喜歡這樣的他，又甚至是他配不上對方，不值得別人為他認真。

然後漸漸，他喜歡一個人的時候，他不會再主動讓對方知道。

只要對方不發現，他就會繼續默默喜歡下去，以朋友的身分陪伴在對方左右，而對方也不會有任何理由或需要去拒絕自己。他可以用朋友之名，自由地去關心、去在乎、去親近對方，甚至是以一種接近愛情的感情去愛著這個人，但不求其他的回報。直到，對方某天忽然發現或明白，這份心意與感情，他就會乾脆地消失，或逃離，不會再纏繞下去，不要有機會讓自己更卑微。

然後，如果他發現，有一個人喜歡了自己，而自己未必會喜歡對方的話，那他不會讓對方發現，自己已經發現這個事實。除非對方有天直接向他表明，除非那個人本身讓他很討厭，否則他就會一直裝作不知情，繼續讓對方陪在自己身邊，繼續去感受或得到對方所給予的關心、重視、愛護與溫柔，繼續去成為對方心目中一個特別的存在。即使他最後未必會喜歡這個人。即使自己也未必會回應或回報，對方的這些感情與付出。

　　他知道，自己的這些想法其實相當自私，自己不過是貪戀愛人與被愛的感覺，自己只是避免去受到傷害，自己只是害怕與別人建立一段可能將來會被丟棄或取代的名分與關係。如果有一天，對方始終會因為失望而離開自己，倒不如從一開始自己不要過分投入與認真，不要去押下自己所有的時間、熱情與尊嚴。

　　他知道，自己真的很自私。但如果不想受到別人的傷害，那麼要不自己首先去傷害對方，要不就完全不要與這個人扯上任何關係。一旦累積了感情，就很難再做到完全的鐵石心腸。即使這樣的想法，會換來一些誤解與怨恨，偶爾更會換來孤單與苦笑，但他已經習慣了這樣獨自前行的節奏。比起他想去愛人與被愛，他更追求令自己可以自在的安全感。

就算會因此錯過，那一個生命中絕不能夠錯過的人。

036

This is
your
happy ending

03／ 期待

This is
your
happy ending

張綺玲

3

　　和薛子文在一起，又或者應該說，在他們在一起之前，她重新對愛情生出期待的感覺。

　　她與薛子文是從網絡上認識。因為工作關係，她在臉書加入了一個交流群組，內裡充滿無數營運社交媒體人士所分享的有用資訊，讓她可以隨時了解現時最流行哪些社交媒體、最新功能的介紹及使用經驗，或是遇到疑難時也可以在群組內向其他網友求助及諮詢意見。

　　每天她都至少會瀏覽一次那個群組，看看有沒有對自己工作有用的分享，或是幫助一些有需要的人。

　　然後有天，她在臉書收到一個不是朋友的訊息。

「請問你知道應該怎樣做，才可以提高 IG stories 的觸及率嗎？」

這是群組內很常見到的提問。她也曾經為此而煩惱過。最主要原因是，IG 的演算法規則經常變動，有一段時間它會很鼓勵你用短片形式來發佈，有一段時間它又會鼓勵你使用他們的濾鏡功能來發佈。有時它會鼓勵你每天發佈數則 stories，有時它彷彿又會嫌你發佈得太多，將每則 stories 的觸及率壓得很低很低。你以為它有一定的規則，但有些觸及率很高的 stories 可能又沒有完全遵守那些規則。而且對這個用戶適用的經驗，又不一定適用於另一個用戶。因此，漸漸她都放棄去研究演算法的法則，就只是盡力做好 stories 的內容與設計。

但對於新手，如果這樣回答，也是等於沒答吧。她微微苦笑一下，在手機裡按鍵回道：「你的 IG 是以哪種業務為主呢？」

不一會，對方這樣回覆：「我是做攝影的，有幫人拍攝產品照、生活照和婚紗照等，平時會將作品放到 IG 和別人分享 :D」

這時她才留意到這個人的臉書名字，Tman 20。她猜這個應

該是網名。

「你可以分享你的 IG 給我看看嗎？」

「好啊 :D」

之後對方傳來了一個 IG 連結，她看到 IG 的個人照片與簡介，「薛子文試影室」，有點舊式的命名呢，她心裡暗想。

個人照片裡，有一個身形帶點瘦削的男性，應該接近三十歲吧，雙手拿著單反相機，從高處眺望大海上的一座燈塔。

然後她點開他的攝影作品來看，看了一幅又一幅，撥完又再撥，不知不覺間，竟然看了超過五分鐘。直到對方又傳來訊息，她才捨得暫停。

「連結可以打開到嗎？ :D」

「可以打開……」
「你的相片拍得不錯啊」

「謝謝你 :D」

「可惜我的 IG 沒有太多人看」

「我看到你有些婚紗照，你有試過 tag 回一對新人的 IG 嗎」

「唔⋯⋯沒有啊，我都不知道他們的 IG」

「你可以嘗試問問，讓你跟客人的 IG 有多點互動，增加及
累積一點社交流量⋯⋯就算你的貼文是以攝影為主，但也要注
重和朋友、客人，甚至不認識的網民的互動，不要讓人覺得你
的 IG 是只容許你自己一個人說話，其他人就只要來看、看完就
可以滑走⋯⋯那樣的話，觸及率就很難提升及維持」

「原來這樣，謝謝你的意見！」

「還有，圖片的文案也是很重要⋯⋯就好似拍攝了一幅相
片，如果相片的命名能夠起到貼題的效果，觀賞者對那幅相片
就會有更深刻的感受，甚至也可以提高相片的意境與藝術性」

「啊，原來你對攝影也有研究啊」

「不⋯⋯只是突然想到而已，我就只懂得用手機來自拍」

「自拍得漂亮也是需要學問啊」
「你的 profile picture 也是你自己拍攝的吧 :D」

看到他這樣問，她不由得有點愣住。因為從來沒有人問過她這個問題，最初她換了這張照片做頭像，朋友就只是讚好，或稱讚她漂亮，但沒有人問過這張照片她是如何拍攝，或以為是其他人為她拍下這張照片。

那是她兩個月前，和 Daniel 分手後，她一個人到東京散心時，無意中拍到的照片。照片裡有著她的側臉，背後是新宿的璀璨夜景。其實她也忘記了自己是怎樣拍攝得到這張照片，平時她也喜歡用手機自拍，只是這張照片的自己，感覺比平時更落寞與安靜，更不像是平時那一個飾演著自己的她。回到香港後，有天她偶然翻看之前的旅遊照片，無意中發現到這張自拍，莫名地感到喜歡，然後忍不住就拿來做臉書與 IG 的頭像。

「你是怎樣猜到的？」

「相片裡的角度、氣氛，還有你的目光與神情，可以讓人

感覺得到，你當時是一個人在旅行」

　　果然是攝影師呢，她看著螢幕微微笑了一下。

　　自那天起，她與薛子文偶爾會在 messenger 有一搭沒一搭地聊天。

　　他會跟她分享，這天的拍攝工作與趣事，一般人不太留意到的攝影技巧與風格，但她注意到，他所分享到的這些事情背後，都是埋藏著一個個活生生的故事。

　　從前她不會這樣看事情。別人跟她說剛剛吃了午飯，她就只會解讀這句話的表面意思，而不會再聯想為什麼這個「別人」會等到下午四時才去吃午飯，對方是不是很忙或是發生了什麼事。她發現自己對薛子文這個人有著更多的好奇，想要去了解他所看到的世界。

　　有一次薛子文跟她提到，明天會去尖沙嘴的美麗都大廈拍一些照片。她從前也有去過美麗都大廈，知道這一幢舊式大廈有著很特別的建築風格，有「垂直迷宮」之稱，是不少攝影發燒友或網紅喜歡去的拍攝場地。因此她看到薛子文這樣說時，

最初也沒有太過在意。

　　只是當她晚上睡在床上，她忽然回想起薛子文這句話，她記起上星期他好像也提過，有工作要去美麗都大廈進行拍攝。那時候他不是說已經完成了工作嗎？為什麼明天又要再去美麗都？

　　她拿起手機，翻看這天自己和他的對話。

　　「在忙嗎:D」

　　「現在不忙，剛跟同事開完例會」
　　「下星期有一個廣告 campaign 要急著推出，之後有得忙了OTL」

　　「辛苦了」
　　「明天是星期六，總可以休息一下吧」

　　「maybe」
　　「你呢，你明天有什麼事要做？」

「沒什麼」

「可能會去美麗都大廈拍些照片」

「啊，辛苦了」

「 :) 」

「我有個客戶 DM 我，晚點再跟你聊」

看到他這個「 :) 」回覆，她忍不住在床上坐起來，暗怪自己當時的後知後覺。她打開對話框，輸入問：「在嗎」

等了五分鐘，十分鐘，薛子文都沒有回覆。她猜他是真的已經睡了，因為如果他在線的話，他通常都會馬上回覆訊息。

只是到了第二天下午，他依然沒有回覆。她不由得有些擔心，想致電給他，但是他們之前從來沒有通過電話，而且他們本來也只是一對普通的網友。可她還是不能自拔地想了很多很多。結果兩小時後，她就自己一個人，來到了美麗都大廈。

為什麼要來啊？她在心裡不斷反問自己，但接著又自我催眠，都來了，就順道逛一逛吧。

然後她乘電梯到大廈的最頂層，緩緩逛了一圈，從走廊看往對面的住戶，感覺大廈裡的景貌跟之前相比沒有太大變化，還是自己對這幢大廈已經沒有太多回憶？她不由得輕輕搖頭。

　　走到樓梯，往下一層繼續遊覽，但她心裡其實知道，自己並沒有太多心情去欣賞四周的建築特色、這裡的鄰里人情，她只是想要搜索一個瘦削的身影，但是她始終無法找到。

　　半小時後，她走到了大廈的最低層，抬頭望回大廈，只見天色也開始昏暗起來。還要再找嗎？若然找到了，又是為了什麼呢？但找不到，為什麼又要如此失落？

　　她嘆一口氣，轉身往車站的方向走去。

　　這時手機響起了一下訊號聲，見到是薛子文傳來了訊息。她忍不住打開來看，見到他這樣問：

「你在什麼地方呢」

　　那一刻，她好想回答自己在美麗都大廈，但又覺得這樣會顯得自己很古怪，自己就像是在跟蹤他一樣⋯⋯是呢，跟蹤，

為什麼會變成這樣，就是因為他沒有回覆訊息，自己才會擔心他，才會來到這裡吧……但至少，他現在有回覆了，至少他應該平安無事，那麼就沒必要讓他知道，自己因為擔心他，而來到了美麗都大廈找他。

於是，她在訊息欄裡輸入「我在尖沙」，但「嘴」字還未打完，她又收到了他的訊息。

那是一張照片，是剛剛她走到大廈 11 樓時，有人在高處拍攝到，她的側臉。

「這……」
「是你嗎」

她看著他這樣問，心裡不知道為何有點觸動。

然後當她轉身，想走回大廈裡，想要乘電梯往拍攝這張相片的位置，想要再去尋找那一個誰時，她看到有一個人，站在自己背後不遠處，拿著單反相機，看著自己微笑。

彷彿是失散已久的兩個人，彷彿是早已註定要在這一刻再

遇上。

　　想到這裡，她心裡泛起了，一種遺忘已久的安然與溫馨感覺。

程一航

3

後來他偶爾回想，如果自己沒有在網絡上，將自己與某人的事情寫成故事，自己就未必可以認識到 Elaine 這個人。

直到現在他仍然記得，那天是 2014 年 1 月 4 日凌晨。他和朋友喝了一點酒，自己一個人乘車回到家裡，只覺得有點意猶未盡，只覺心裡有些鬱結，還是無法向別人好好說明。

打開雪櫃，啤酒已經都喝完了。打開電腦，可以聊天的人也都已經睡了。他看著自己的粉絲專頁，平時他會在裡面分享一些與廣告有關的短片、新聞或評論，但那刻不知為何，他好想將自己過去兩年的經歷，寫成一個故事，放到臉書專頁分享。就算沒有人來看，就算那個人不會看到，那至少也可以將自己的心情盡情抒發出來。

於是那個凌晨，他坐在電腦前，不停敲動鍵盤，寫了一篇一萬二千字的故事。裡面的內容，大部分都是來自真實，是他和某人在過去兩年來曾經有過的一些曖昧與遺憾。只是小說裡的人物都用了假名，一些比較私密重要的部分，他也另外虛構了新的情節與人物。即使是當事人讀到這個故事，他相信對方也未必可以察覺到，這個故事原來與自己有關。

他為故事命名作〈可惜我們不會在一起〉，放到臉書發佈後，窗外的天色已經開始發白。於是他匆匆梳洗一遍，不一會就上床睡死。直到中午醒來，他看見手機收到很多來自臉書的通知，才發現自己寫的那個故事，原來在短短五個小時，得到了三千個讚好，還有超過一千次的分享。有些讚好更來自台灣、馬來西亞，甚至是美國和英國。

他不由得嚇了一跳，看到自己所發佈的故事下面，有超過五百個留言。他打開第一個留言，見到是一個住在美國的女生，她這樣寫道：「很喜歡你寫的這個故事啊，真的太感同身受了，如果我是故事裡的其中一方，可能也只能夠眼白白看著彼此錯過吧……這個故事實在太真實了，希望作者也可以釋懷呢。加油！」

之後他也有細看其他人的留言，也有逐個回覆與答謝他們的觀看、感想、意見和鼓勵。後來這個故事，總共得到超過一萬次讚好以及五千次的分享，他與一些留言的網友也有繼續在網絡上交流，甚至成為朋友。其中也包括第一個留言給他的女生，Elaine，張綺玲。

在訊息細談下去，他才知道 Elaine 是一位大學生，正在美國留學，日常生活與香港有 12 個小時時差。他忍不住問她，是怎樣在臉書發現自己這個故事，怎知道 Elaine 這樣回覆：「我一直都有追蹤你這個專頁啊好嗎，想不到你不知道我是你的忠實讀者呢（哭）」

他啞然了好一會，在鍵盤輸入：「你本身對廣告也有興趣嗎？」

「是啊，現在我也有修讀相關的課程……希望將來回到香港後，能夠發揮所長呢 ^o^」

「做廣告可是很辛苦啊」

「我知道會辛苦，但能夠完成一個好的廣告作品，那份滿

足感也是超級幸福吧」

「沒想到有人會用『超級幸福』來形容呢 ^^"」

「那可能是你已經嘗試過太多這種滋味，所以開始習以為常吧 ^ 口 ^」

他看著螢幕，知道她這個回覆是真心的，沒有半點說反話的意思。但他還是不自覺地輕輕嘆息了一下。

大學畢業後，他曾經進過一間最頂尖的廣告公司工作。

那時候每天都要工作超過 18 小時，所有精神心血與時間都消磨在文案、設計、插畫、剪接、配樂、客戶、節省成本、業績、會議、是非、同事競爭、部門會議、老闆的興之所至、背後中傷、委曲求全、心灰意冷，然後，最後，力竭筋疲。

兩年後的一個夏天凌晨，他終於接受，自己並沒有做廣告的天分，自己就只是廣告界裡的一個小小從業員。從前有過的目標與理想，就只可以放回兒時的寶藏箱裡，等著哪天被自己完全遺忘或捨棄。

為了可以騰出更多空餘時間，他辭了頂尖廣告公司的工作，轉職到現在工作的保健產品公司，做一個職位看似高級、但其實什麼事情都要兼顧甚至親手負責的創作部經理。

　　他都已經忘記了，上一次為工作由衷感到滿足，是在什麼時候。每天為公司產品寫文案、更新網站內容、看產品的檢測報告、收集與分析其他同業的媒體廣告與市場走向，偶爾還要兼任客戶服務去解答顧客的疑問甚至不安，他不是不知道，現在自己所做的這些，只會讓他與他的理想相距越來越遠。

　　但是他沒有完全忘卻從前對廣告創作的熱衷、經驗與見識，因此在工餘時，他會在臉書專頁裡分享一些自己喜歡的廣告作品，就當作是一點自娛、並提醒自己不要完全忘卻這一個理想。

　　只是沒想到，自己有天竟然會在這個專頁裡，去寫一個與廣告沒有半點關係的愛情短篇故事，然後還認識了 Elaine 這個女生。

　　雖然從來沒有真正見過她，但憑藉她在臉書裡分享的照片，還有平時的訊息來往，她知道 Elaine 是一個對未來有憧憬的年輕女生，很喜歡傳短訊和別人聊天。

雖然有時差，但她時常都會傳他訊息，分享她自己的生活與想法，而且每個訊息都幾乎是千字文，每次都要花上數分鐘時間才能夠讀完。然後當他終於有時間回覆了，第二天她又會再傳來長長的千字文回覆。

　　他曾經為此而感到一點壓力，因為有時實在未必有精神心力去細讀她傳來的訊息內容。他不想自己的回覆讓她有一種敷衍了事的感覺，所以每次他都真的會聚精會神去讀完訊息，再花時間去思考應該如何回覆她，如何才能夠給她一些有用的建議或答案。

　　她在訊息裡時常都會提起她的男朋友，例如兩人是怎樣認識，現在的同居生活有什麼趣事，假期時他們會在家裡做些什麼等等。感覺上是很快樂溫馨，但他還是能夠從文字裡，看得出她對這段感情關係的不安與疲累。

　　然後有天晚上，他又收到了她長長的訊息。他忽然想起自己小時候，曾經幻想過自己有一位朋友，一同住在嫲嫲的家裡，自己每天就和這位幻想中的朋友一起聊天、玩耍、去做彼此重要的家人。那一刻他突然明白了，她的無奈與寂寞。於是他在訊息裡這樣輸入：「他今天又是只顧著在打電動嗎？」

過了一會，她這樣回覆：「你怎知道的啊」

　　他嘆了一口氣，回她：「你試試向他提議，今日是假期，不如出外逛一下吧」

　　「但是我也不知道可以去什麼地方……」

　　「你們可以駕車，去其他城市逛逛嘛」

　　「他一定會嫌麻煩的 :(」

　　「他嫌麻煩，那你也可以自己一個去啊」

　　「但是我也想陪他呢……」

　　「難道你不覺得悶嗎？」

　　「我還有衣服要洗呢，今晚我又要煮意粉，其實我很忙啊 ^^」

　　「而且現在還有你和我在聊天，所以我不覺得悶」

看到這裡，他心裡輕輕嘆息了一下。

從那天開始，她的短訊由原本長長的千字文，變成簡短而密集的聊天格式。他有時間會立即回覆，有時間實在太忙沒法回覆，她也不會有任何抱怨。

在他心目中，自己彷彿多了一位妹妹，他們會互相分享一些成長經歷，例如在哪裡讀小學和中學，喜歡吃什麼食物、聽哪些歌曲，以前她在香港的時候，會去哪些地區逛街等等。但可能是因為她住在美國的關係，他始終感到和她有一種距離感。雖然兩人可以無所不談，但又不是真的可以做到百分百交心。他自己也不完全明白為何會有這種心理與感受。

然後到了 6 月，她說會回來香港放暑假，她問他到時要不要約出來見見面，他答應了。然後兩人交換了手機號碼，方便遲些見面時聯絡。他原本以為，自己第一次真正聽到她的聲音，應該會是等她回到香港後，兩人要約定見面那天才會聽得見。

卻想不到那天中午，她還在美國，自己忽然收到她的訊息，問可不可以打電話給他。

然後才知道，原來她跟男朋友分手了。

　　才知道，自己對這個還沒有真正見過面的女生，在不知不覺間，在一次又一次的意料之外下，已經投放了太多感情與認真。

058

This is
your
happy ending

04/ 初見

This is
your
happy ending

張綺玲

4

「之後呢？之後你們有打招呼嗎？」

一航一臉緊張地問，彷彿自己那刻正身處現場。

「打招呼嗎⋯⋯」她卻顯得有點不自然，回答的聲音也有一點猶豫。「好像有打招呼⋯⋯我也不記得很清楚了，應該有吧。」

「怎可能不記得啊？」

一航的表情略帶失望。

「總之我們有向對方微笑吧。」她臉上有一點紅。

「像是小學生那樣呢。」

「小學生？」

「你現在的神情啊。」一航淡淡地笑說。

她不由得一愕，環顧咖啡店的四周，想找一面鏡子看看自己現在的表情，然後又看到一航忍不住在偷笑，她感到自己的臉變得更熱了，惟有強裝鎮定來否認：「哪有啊。」

「認識你這麼久，都沒有看過你這種表情。」

「……是嗎？」

「那之後呢，你們有一起去晚飯嗎？」

「你怎猜到我們去了晚飯？」

「是去了附近的 HOW 吧？」

「……原來你跟蹤我嗎？」

「都不用跟蹤吧，美麗都大廈附近的餐廳，HOW 是你經常會去的，下午六點鐘那個時段，餐廳應該還有很多位子，如果你們想繼續聊天或晚飯，那裡會是你的首選。」

看到他一臉悠然地猜測自己的想法，她心裡沒有半點不高興，就只是默默點了一下頭，然後過了一會，她說：「是他提出的，問要不要一起吃晚飯。我本來就沒有約人，所以答應了。」

「見到真人了，緊張嗎？」

「為什麼我要緊張啊？」

「你們在 messenger 已經聊了這麼久，又忍不住出外動身去找他，你就真的一點都沒有緊張嗎？」

「……是有一點。」她嘆一口氣，然後又笑著說：「不過當他真的坐在我面前時，我反而覺得一點都不緊張……不知道為什麼，總覺得我跟他像是已經認識了很久很久，雖然最初談話的時候，是有點生疏，但結果我們在餐廳裡聊了三個小時。」

「談了這麼久？都談些什麼呢？」

「唔⋯⋯什麼都有談，但最主要還是說，他那天為什麼要去美麗都大廈。」

「他以前住過那裡嗎？」

「是的，他兩年前曾經住過那裡，後來搬走了，直到上次有拍攝工作，才第一次回去。」

「那麼，在工作完成後，他為什麼又回去呢？」

「他⋯⋯他結過婚，兩年前離婚了。」

一航露出一個恍然大悟的表情。

「最初因為工作，回到美麗都拍攝，他以為沒有問題的。只是當拍攝完了，他回想了很多很多以前的事情，發現自己原來還放不下，所以又忍不住再回去懷緬了。」

「你有問他嗎⋯⋯是他提出離婚，還是另一方提出離婚？」

「我有問，他沒有直接回答⋯⋯但我猜，是另一方提出吧。

他們結婚大約一年，之後有天對方沒有再回家。」

　　說到這裡，她拿起自己的咖啡，緩緩地喝了一口，然後想起，自己曾經也可能會與 Daniel 成家立室。

　　一航也靜靜地沒有再說話，彷彿知道她正在回想一些往事。過了良久，她才說：「之後他偶爾都有約過我幾次，一起出外晚飯。」

　　「原來已經約會過幾次嗎？」他裝作驚訝地問。

　　「你也不想想，我們已經有多久沒見面了啊？」她苦笑反問。

　　「上次你生日……」

　　「現在是七月，即是總共四個月。」她扁著嘴說。

　　「啊，原來已經這麼久。」他說得好像事不關己。

　　她又盯了他一眼，過了一會才說：「我和他是在五月才第

一次見面，後來吃過幾次飯，也試過去看電影⋯⋯他其實是一個不太懂得說話的人，很多時也是由我來帶起話題，不過這樣也好⋯⋯我很喜歡和他相處的這份感覺，就算兩個人都沒有說話，也不會覺得尷尬或不自在。」

「嗯⋯⋯那也不錯呢。」

「嗯。」

「那⋯⋯」

「怎麼了？」

「為什麼你們還沒有開始發展呢？」

聽到他這樣問，她臉上的神色又開始變回有些猶豫。

他看到她沒有回答，便繼續問：「是因為你害怕，自己不是真的喜歡這個人嗎？」

她看著他，想要點頭，但又覺得不完全是這樣。

「還是你害怕，自己最後又會辜負了別人？」

「……他離過婚，他已經承受過太多壓力與創傷了。」

「或許是這樣，但如果他也有心想和你發展，這本來也是他需要學習面對和處理的事情。」

「又或者……如果不開始，那麼他就不用面對這些煩惱了？」

「二玲小姐。」他看著她，重重地嘆了口氣，說：「你什麼時候變得這樣畏首畏尾了？」

「我有畏首畏尾嗎？」

「以前啊，你每次和男友分手了，過了不久就會和另一個人發展新戀情，那些時候的你，哪有像現在般顧慮這麼多？」

她臉紅紅地啐了一聲，反駁他：「你說得我好像總是在和別人談戀愛般……明明我跟 Daniel 真正在一起之前，也有半年空窗期啊。」

「但之前三個月就已經開始曖昧。」他沒有放過機會戳穿她。

「你這小器鬼就只會記得這些。」她嘆氣。

「說回現在吧⋯⋯經過上一次戀愛，發生過那些事情，你現在會對新戀情感到卻步，這也是可以理解的。但回歸初心，你自己有沒有真的喜歡這一個人，你之前想要尋找的理想戀愛對象，他是不是真的符合那些條件⋯⋯如果答案都是確定的話，而如果你們現在相處得開心，我覺得你可以不用顧慮那麼多呀。」

「理性地想，我知道是這樣，但感性上⋯⋯還是很難不去顧慮。」

「你們現在正式認識了兩個月，是嗎？」

「是啊。」

「時間還算很早呢，你不如先好好享受現在這段曖昧期吧⋯⋯而且你也不知道，對方是不是也想要對你認真呢？搞不好到時你自己首先入戲太深，但對方因為未放得下過去而卻步，

那你不是反而弄到自己一身傷嗎？」

「嗯，也是的，也可能像你說的這種情況。」

「所以……真的，先不要想得太多，好好地珍惜與感受這一刻的快樂與真誠……如果兩個人都認真喜歡對方，自然就會一同朝著同一個目標進發，自然會在不知不覺間，為對方與自己化解一些本來以為解決不了的矛盾與心結。你要相信吸引力法則啊。」

「嗯……但你何時開始相信吸引力法則的？之前都沒聽你提過……」

「你就不要再這樣八卦了，太八卦的女性不討人喜歡啊。」

「明明你才是最八卦的人。」她忍不住苦笑一聲，看到他剛好拿出手機在撥，於是又問他：「是了，最近傳訊息給你，你總是很遲才回覆，甚至是不回覆……你最近很忙嗎？」

「也不算是很忙……還好吧。」他看著手機螢幕回答。

「那你為什麼不回覆訊息啊？」她有點生氣地問。

「我有回覆啊，否則我們現在怎會在這裡見面。」他終於抬起臉，對她展顏笑了一下。

「你……」

「嗯？」

「你最近沒事吧？」

「沒事啊。」他又向她笑了一下，將手機收起，對她說：「如果之後你又有什麼想不開，可以再告訴我，我會幫你逐一解開的。」

「首先你要回覆訊息。」她裝出一個生氣的表情。

「各單位注意，二玲怪準備來襲，她今日的戰鬥數值超過9.0，大家要小心……」

「吼！」

程一航

4

在和 Elaine 第一次約出來見面前，他曾不止一次想過，不如還是不要出來見面吧。

只要不真正見面，他們就會繼續在網絡、訊息與文字裡交流下去，保持有距離地認識、理解、累積情誼，將來大概也可以成為一對特別的知交好友，一對認識了很多年、但是從未見過面的知心好友……

但他很快就告訴自己，這是自欺欺人。

他以前不是沒有試過跟一些網友約出來見面，但通常都是一大群人聚會，而且之前的經驗給他一種印象，有些人其實真的沒必要在現實裡認識，繼續保留在網絡上交流反而更好。他想起一些網友，自從在聚會碰面後，反而在網絡上越來越少聊

天，大概是自己的形象不夠討好吧，還是自己也同樣讓對方感受到網絡與現實有著落差？總之，在網絡開始的情誼，放到現實裡發展，有時反而會越變越淡。這是他自己的經驗之談。

「你會不會想得太多啊？」

Elaine 在聽到他這樣總結後，忍不住笑著反問。

「不是這樣嗎？你以前也有約過網友出來見面嗎？」他躺在床上，對著手機說。

「我沒見過其他網友，但我覺得啊，這個世界本來有些人就比較容易跟別人混熟，有些人就是比較慢熟，你剛剛說的那個例子，可能只是因為你跟那個網友剛好都是慢熟人，要花更多時間溝通才能夠變得熟稔，與你們本身是不是網友並沒有太多關係吧。」

他不知道她是有心安慰他，還是純粹的有感而發。而眼前更重要的問題是，這通電話他們從深夜十一時開始談，到現在已經快要凌晨四時，而她似乎沒有半點想掛線的意思。

「喂。」他對著手機輕嚷。

「……怎麼了？」

「你有沒有想睡的感覺啊？」

「……沒有。」

「嗯。」

「你呢？」過了一會，她問。

「我也沒有。」他用雙手搓了一下臉頰。

「嗯……不知道這樣的失眠，還要延續到什麼時候。」

「是時差吧，你從美國回來了香港，你還未適應到時差吧。」

「都回來三天了……」

「總會熬過去的。」

「嗯。」

原本，按照之前的想法，他可能真的會找個藉口，讓自己與 Elaine 不要見面。

最初他會答應她見面，那時候他實在沒有想得太多，就只當作是見一位從美國回來度假的朋友，或妹妹。

直到，他忽然發現，自己對她原來已經抱有太多太深的感情，而這一個原本相隔很遠的存在，現在變成可以隨時見到面，可以在沒有任何遮掩的情況下，知道彼此的更真實的反應。在這個時候，他仍然有想過，不如不要見面，就隨便找個藉口，例如說星期天突然有工作要忙，或家裡臨時有事，所以不能夠赴約，惟有等下一次再約……這樣應該不會顯得太突兀，也不會讓彼此太尷尬吧？

在 Elaine 還未回到香港時，他內心仍是這樣計劃著。

只是她回來後的第一個夜深，她忽然打電話給他，跟他說

睡不著，之後他們談到清晨七時。

到第二天夜深，她也有打電話給他，結果又談到清晨七時。

然後來到第三晚，他和她談了這三天電話，他知道，她仍然放不下初戀男朋友。即使他出軌、背叛了自己，但她仍是很喜歡他，仍會擔心他自己一個人，有沒有好好照顧自己，會不會仍然只顧著打遊戲機、沒有好好吃飯。他知道，她沒有想過最後是用這一種方式，來與這個最喜歡的人走完結局那一章。他知道，她現在的內心，根本不可能容得下另一個人。

只是，越是清楚這個現實、越是明知道不可能，他對她的感情，卻反而變得越來越深。

「喂。」

是因為，覺得她可憐嗎？

「嗯。」

還是因為，最近她一直都會依賴自己？

「其實你是很累，想要睡吧？」

又還是，自己已經很久沒有試過，被另一個人依賴……

「你才是很累吧，你的聲音都開始變迷糊了。」

自己已經很久沒有試過，與另一個人坦誠地交心……

「我是覺得累，但……」

很久沒有試過，這一種帶點溫暖……

「但？」

又帶一點刺痛的……

「我的心，還是會覺得很痛……」

喜歡一個人才會經歷到的，心跳感覺。

「傻瓜，你已經很厲害了。」他拿著手機，從床上坐了起

來，認真地對她說：「你能夠撐到現在，就只是大哭了幾次，你其實比其他人都堅強很多了。始終你曾經這麼認真地喜歡過這一個人，喜歡了這麼長時間，如今你們分手了，又怎可能完全沒有半點難受呢？但你要相信，時間會慢慢沖淡一切，總有一天，再喜歡、再不捨，這一切都會變成一段回憶。」

「嗯……謝謝你。」

「如果還有精神，倒不如想想，我們明天要約在哪裡等吧。」

「是呢……我們是約了下午一點鐘吧。」她頓了一下，又說：「還有八個小時。」

「你記得就好，你明天出來時不要只顧著打瞌睡。」

「你才是啊！」然後她輕輕打了個呵欠。

「不如早點睡吧，明天我會傳訊息給你，在尖沙嘴哪個地方碰面。」

「嗯，那就拜託你了。」

「嗯，拜拜。」

「拜拜。」

　　後來，他約她在尖沙嘴海港城一家可以看海的餐廳碰面。她準時出席了，他也沒有臨陣逃脫。他覺得她的真人比照片裡的她還要漂亮。他覺得她的聲線似乎比電話裡的她顯得略微拘緊。他覺得自己顯得比平時更緊張。他覺得她的目光像是帶著一點失望。他告訴自己不要胡思亂想太多。他問她想吃什麼，她就只是點了一杯凍飲，沒有其他。他們有一搭沒一搭地聊天，沉默的時間比說話多，沉默的次數比在電話裡多太多。他有一種直覺，這個女孩子不會喜歡他這類型的男性，她以後就只會把他當作普通朋友。一小時後，他們離開了海港城，他問她想去什麼地方，她回答他要回家與媽媽及工人一起包餃子。於是他送她到車站，讓她乘巴士回去她所住的黃埔花園。他在巴士站目送她離開，茫然站了一會，最後也乘上巴士，回去他自己住的樂華南村。

　　在車程裡，他聽著手機裡的歌，不停地跟自己說，她不會

喜歡自己。

只是到了晚上，手機又再收到她的來電。

他有想過不接聽，但是好奇心還是戰勝了。結果那通電話，他們又再談到凌晨五時。

之後的一星期，在她回去美國之前，他們每天都會這樣談電話，從深夜談到凌晨，從小時候的成長，聊到對未來的期望。但是他們沒有再約出來見過面，沒有人提出過這樣的想法。

回到美國後，她又變回往常那樣，會傳訊息給他，聊各種近況與趣事。她說她沒有再見那個初戀男友了，在大學見到面也會裝作沒看見。他對她說最近公司新來了一位漂亮的女同事，他在計劃要不要學其他同事般展開追求。當然這只是他的掩飾，公司根本沒有什麼新來的漂亮女同事。但她卻信以為真，鼓勵他嘗試去追。他開始有點後悔為什麼要對她撒這個謊。

然後，又過了一個月。有天他早上醒來，打開手機，沒有收到她的訊息，卻在臉書裡看見，她宣佈戀愛了，和一個他不曾聽她提起過的人。

他關掉螢幕，深深吸了口氣。

告訴自己，這才是最理所當然的結局。

080

This is
your
happy ending

05／ 包袱

This is
your
happy ending

張綺玲

5

後來，她和薛子文還是順利地在一起了。

除了因為一直有一航在旁的不斷鼓勵，告訴她不要錯過自己真心喜歡的人，她的母親也對薛子文有著不錯的評價，這讓她有更多勇氣去面對自己這份感情。

還記得那天早上醒來，她梳洗完畢，到飯廳準備吃早餐時，本來習慣在早餐時專心看電視新聞的母親，忽然開口說：「昨晚我看到好像有人送你回來呢。」

聽到母親這樣說，她心裡一嚇。她知道母親會這樣提起，那她就是已經見到薛子文這個人。她含糊地應了一聲：「嗯。」

「是朋友嗎，還是男朋友呢？」

她不敢肯定，母親的語氣是否帶著笑意，但還是鼓起勇氣回答：「還是朋友。」

　　「還是啊……」母親意味深長地看了她一眼，過了一會才再說：「將來有空，帶你朋友回來一起晚飯吧。」

　　一起晚飯？她有點不能置信，以為是自己聽錯，但又確定自己不可能聽錯。她看了一眼望回電視螢幕的母親，心裡不由得有點觸動。

　　有時候，她會覺得自己的價值觀，很大部分都是受到母親的影響。

　　父親與母親在她升讀中學的時候，決定離婚。當時兩人有試過向她解釋，說是兩人性格不合，才會迫不得已做出這個決定。

　　但有一次，在放學回家途中，她看到父親駕著車，旁邊載著一個女人，她認得那個女人是母親其中一位好朋友，父親和那個女人的神態顯得相當親暱。

之後，她越來越少見到父親出現，大約每半年一次或每年一次。母親從來沒有在她面前流露過半點傷心，但偶爾還是會從她的房間裡聽到隱約的啜泣聲。

然後有一天早上，在吃早餐的時候，工人姐姐出門去買東西，家裡只剩下母親與她兩個人。母親看著正在播放廣告的電視機，忽然對她說：「以後找另一半，記得要找一個心靈可以與你契合的人，不要有半點勉強或委屈自己。」

當時她不能夠完全明白，母親這番說話的意思，但這一個畫面對她留下一個很深的印象。她從未在母親臉上看到過這種表情。很多年後她才體會到，那是絕望到盡頭的淡然與看化。

她一直都有將母親這番說話放在心裡，但她也是直至去到與 Daniel 在一起的時候，她才開始有點明白這番話的意思。

之前每一次談戀愛，母親總會對她的另一半有諸多微言。例如 Martin，母親第一次看到相片，就已經在訊息裡跟她說不喜歡這個男生，著她快點跟他分手。又例如阿力，她試過帶他回家與母親一起吃過幾次晚飯，雖然母親每次都以微笑相待，但就連她自己也感受得到，母親那一種表面的客套。

然後有一次母親問她，是不是仍然跟阿力在一起，她回答是，母親也沒有再問什麼。只是在不久後，阿力就向她提出了分手。後來她忍不住問母親，其實是不是不喜歡阿力這個人。母親淡淡地說，她沒有特別不喜歡阿力，就只是覺得，他這個人未必適合付託終身。

　　從那時候開始，她開始變得更在意母親如何看待她的另一半。最初和 Daniel 在一起時，她自己曾經暗想，Daniel 比阿力更細心體貼，事業也有一定成就，母親這次應該不會有太多意見。只是在第一次帶 Daniel 回家時，母親又重展那一副客套的笑臉……這次她沒有再去問母親有什麼不滿意，她認為只不過是母親自己個人的偏好問題，明明 Daniel 對她這麼好，明明 Daniel 比起其他人更懂自己、更懂得照顧自己，自己一定可以和他到老白頭的，將來母親也會為他們衷心送上祝福。

　　但後來她終於明白，母親所提到的心靈契合，原來是怎樣的一回事。

　　有些人的喜歡，是只要你喜歡，我就會為你去改變，成為你心目中喜歡的樣子。

有些人的喜歡，是只要你喜歡，我就會努力去包容及喜歡你所喜歡的事物，即使本來我未必會喜歡這些事物。

有些人的喜歡，是不論你是哪種模樣，我都會一樣喜歡，沒有半點勉強或遷就，因為只要是與你有關，我都會很自然地愛屋及烏。

有些人的喜歡，是你所喜歡的，我本來也同樣喜歡，不是因為你而改變，而是我與你本來就是同一類人，有相似的思考方式與價值觀，有同一個方向的目標和理想，有差不多深度的經歷及體會，有能夠共振的創傷和同理心。

她和 Daniel 在一起了差不多五年時間，她早已將他視為家人的存在。但越是和 Daniel 相對，他對她越好，她就越是感到他的勉強，還有她對自己的自我質疑。是對他沒有信心嗎？還是自己原來不夠喜歡他，無法將他的勉強也一併包容，無法叫自己不要再想更多、像從前那樣一心一意地去喜歡這一個人。

每天她都會為這些像是沒有必要的內心掙扎感到無比困倦。其他朋友包括一航，都勸她不要亂想太多，可每次當她看到 Daniel 眼裡那種想要與自己組織家庭的熱切和期待，她又會覺得

自己無處可逃。

　　結果，橡筋拉扯到極限，不只她倦透，Daniel 也無法再承受更多的失望與冷戰。他在一個早上，向她親口提出分手。她忽然想到，那時候阿力是否也經過無數的情緒煎熬，等到最後才向自己提出分手。都是自己的錯，都是自己沒有想清楚，卻又任性地展開一段關係，才會一再換來這種結果。

　　因此，就算後來和薛子文越來越常見面，兩人的感情與默契越來越深厚，她還是沒有信心，去和他變成真正的男女朋友。

　　她知道他喜歡她，但是他一直沒有開口，她也害怕自己不小心給他一些錯誤的暗示，讓兩人的感情越過了那一條界線。

　　有一次，他們一起出外晚飯。或許是當晚的氣氛實在太好，她不小心喝醉了。醒來的時候，她發現自己衣履整齊地睡在一個陌生的房間。她坐起來，看到床邊像是有一杯茶，還是微溫的。門外有些昏黃的燈光，她輕輕步出房間，見到一個寬敞的客廳，薛子文躺在沙發上，像是睡著了。窗外的天色開始發白，她看了一眼時鐘，原來已是清晨。

她走到沙發旁，彎下身看著他的側臉，忽然想，自己在五年前甚至十年前，應該不會選擇這種類型的人作為伴侶，可是如今她卻感到自己無比喜歡這一個人。然後在這時候，他像是感覺到她的呼氣，微微睜眼醒來。他對她笑了一下，問：「酒醒了嗎？」

　　「嗯。」

　　「不再睡多一會？」

　　「不了，明天還要上班，我想回家梳洗。」

　　「那我送你回家吧。」

　　說完，他想要掙扎坐起來，她卻伸出右手按著他的肩膊，輕聲問：「為什麼送我來你的家？」

　　「呃……因為你喝醉了嘛。送你回去你的家，我猜你未必高興，所以就……唯有帶你來我的家。」

　　「那……」

「嗯？」

「那為什麼……你沒有……」

說到最後，她的聲音幾乎輕不可聞，但雙頰的緋紅，也越來越明顯。

他自然沒有錯過這一個珍貴的畫面，不禁哈哈大笑起來，然後又掙扎坐起，溫柔地看著她，緩緩說：「要急，也不急在這一時半刻，我不會做乘人之危的事情，而且我相信，我們之後還有時間……我會繼續等你。」

那一刻她感到，他就是有方法撫平她內心的紛亂和不安，她知道他真的是一位正直、可以安心信服的人。

一星期後，她找了一個藉口，要薛子文幫她從公司搬一些東西回家，然後假裝偶然地，讓母親與他兩人第一次正式碰面。

當時母親與工人正在飯廳準備晚飯，她打開家門，向母親喊了一聲，接著再簡單地介紹了一下，正捧著兩個箱子的薛子文。然後就在母親有點呆住的目光下，帶薛子文進去自己的睡

房。

在進房之後，薛子文放下了箱子，微笑著向她打了一個眼色，像是問她是不是故意讓他在這個時段回來。

她也笑著向他做個鬼臉，沒有說話，然後拉他離開睡房，跟母親說：「我要送他離開，過一會我會回來晚飯。」

母親看著她，又看了看薛子文，輕聲問：「你朋友吃了晚飯沒有？」

「伯母，我還沒吃晚飯。」薛子文搶著回答。

「那你有時間嗎？留下來一起用晚飯吧。」母親和藹地笑著問他，又斜眼看了自己的女兒一眼。

「好啊……不好意思麻煩你們了。」

看到薛子文難得展現的一絲緊張與任性，她忽然覺得，他應該猜到自己這晚刻意帶他回家的用意，甚至猜到母親在她心目中甚至他們的關係裡，是佔據著一個怎樣的位置。

那一夜，薛子文差不多留到晚上十時才離開。臨走前，母親對薛子文說有空再來吃飯。這是她第一次聽到母親對她的男朋友或準男朋友說這一句話，而且沒有半點虛假或客套。她望向母親，母親剛好也回看著她，彼此都沒有說話，就只是輕輕地點了一下頭。

　　後來，在送薛子文去到停車場，目送他的車子離開後，她再也忍不住流起淚來。

　　拿出手機，打電話給一航，可是他沒有接聽。她微微苦笑一下，又再收起手機，緩緩對自己說，這次應該可以的了。

　　這一次，應該真的可以，再重新開始。

This is
your
happy ending

程一航

5

Elaine 回到美國後，他的生活彷彿又回復了往常一樣。

上班，工作，吃飯，開會，加班，下班，去醫院，回家。

是了，去醫院。這幾年來，除了公司及回家，他最常進出的地方就是醫院。

大學畢業後，他搬離嬸嬸的家，自己一個人在外面租地方住。最初雖然艱苦，因為薪金大半都用在租金上，每個月都要節衣縮食。但可以過獨立生活，不需要再看別人的臉色，惶恐不安地過日子，就算再窮，他也認為值得。

到了 24 歲那一年，他生日的那一天，他忽然接到父親的來電。

之前父親因為經常長居深圳，他們之間平時已經很少聯絡。最初看到來電，他還以為父親是想要跟他說「生日快樂」……雖然過去二十幾年來，父親從來沒有為他慶祝過。

　　他按鍵接聽，電話另一邊傳來了一把女人聲音，然後告訴他父親患了胃癌，現正在深圳一間醫院留醫。

　　匆匆跟公司請了假，搭火車過關去到深圳，他在醫院裡見到打電話給他的女人，大約四十歲年紀，她介紹自己是父親的女朋友，可以叫她何姨。然後他進入病房，見到正在床上休息、看上去非常虛弱的父親。何姨告訴他，醫生診斷父親患了胃癌三期，但怕醫院的檢查不夠仔細，建議父親回香港的醫院再重新檢查。

　　最初他並不明白，何姨這番話的真正意思。直到他接了父親，連同兩箱行李，從深圳坐車送回香港，父親告訴他在樂華南邨有一個公屋單位，可以先將行李搬到那裡。之後的日子，他就再沒有見過何姨出現過，他這才明白，原來父親與何姨已經分手了，或者該直接的說，他被何姨拋棄了。

　　之後他陪父親去公立醫院排期，再去做全身掃描及檢查，

發現父親胃部有數處腫塊，醫生判斷父親的胃癌情況已經去到末期階段，需要切除部分胃部，阻止癌細胞擴散。

　　手術後，父親的情況時好時壞。在最壞的時候，醫生判斷只剩下半年壽命。但後來可能化療藥發揮作用，父親又可以回家休養。只是癌症病人的抵抗力，總是比平常人要低，很容易因為一些小病而引起併發症狀。因此之後有一段很長的時間，他經常都需要陪父親去醫院複診，或到父親的家照顧他的日常起居。最後他乾脆搬去跟他同住。也是在那時候，他辭了朝九晚十二的廣告公司工作，轉到去保健產品公司上班，讓自己可以有更多時間，去照顧父親及處理其他事情。

　　之前在廣告公司上班時，他和一位女同事曾經有過一段曖昧。那位女同事叫 Samantha，他很喜歡 Samantha 微笑時臉上的那個酒渦。只是在他向公司提出辭呈後，那段曖昧也隨即無疾而終。

　　他原本以為，Samantha 是應該有喜歡自己的，就算自己換了工作，這場曖昧應該也可以繼續發展下去。但是 Samantha 在他離開公司之後，一次也沒有聯絡過他，他傳訊息過去問好，她也沒有再回覆。他曾經為此而耿耿於懷好一段時間，後來甚至激

發起他的靈感，將自己當時的一些想法與感受，寫成短篇故事〈可惜我們不會在一起〉。然後因為這個故事，他後來認識了 Elaine，並認真地喜歡上她。

有時夜裡他獨自回想，Samantha 沒有再和他往來，其實也是可以理解，只是自己當時沒法設身處地為她設想而已。

那段時間，為了照顧突然從深圳回到香港的父親，他工餘的所有時間都用在父親身上，例如約見不同的醫生、上網尋找胃癌相關的資料、為家居添置適合病人的家具和設備。

很多時候，他連回覆訊息的時間與心神也欠奉，偶爾有空餘時間，他都已經累到睡著，有一段時間更是食不知味，生活除了照顧父親之外，就已經再容不下或追不上其他事情，那更別說是繼續和另一個人曖昧了。如果調換身分，他相信自己一定也會感受到被對方冷落的感覺，然後當失望太多太多次，漸漸會感到心灰意冷，漸漸就會想，不如算了。

若是這樣，自己又怎可期望，Samantha 會繼續陪自己曖昧不明下去……就算對方本來想或不想和你在一起，也一定不想再和一個沒法分出時間給自己的人，浪費更多時間。所以，若是

這樣想的話，自己本來也沒有多餘的心神與力氣，去留住 Elaine 這個人，甚至是給予對方快樂與幸福，是嗎……

這是他後來最常反問他自己的一個問題，一個不會有答案的自我安慰。

之後的一年，他與 Elaine 的聯絡漸漸變少。

一來是因為，他在訊息裡面感受得到，Elaine 正在蜜運當中，這使得他回覆訊息的時候，很多時都會寫了又刪，怕她會察覺到自己的心情，但刪改得太多，往往又會變成言不由衷。另一方面，他的工作越來越繁重，父親的病情也一直反反覆覆，他有時要隔上大半天才可以回覆訊息。因此聯絡變少了，他知道也是無可避免。

到了 2015 年暑假，他原本以為，Elaine 會像往年一樣回來香港度假。怎知道她在訊息裡告訴他，這次假期會和男朋友去東京迪士尼遊玩，不會回香港放暑假了。

他看著訊息，只覺得自己和她的距離越來越遠。彷彿變回一位只會在網絡上交流的網友，彷彿自己和她是兩個世界的人。

有一晚，他心血來潮，打開電腦，連上一個旅遊網站，查詢7月份前往東京的機票及住宿，若去5天的話，合共需要多少旅費。

答案是港幣七千元。

然後他想起，自己的帳戶還有多少餘額。應該還有二萬二千元，十天後就到下一次發薪日。

只是這二萬二千元，有一萬六千元要準備用來繳付父親下一期的藥費，而且還有其他的一些雜費也等著清繳。如果自己真的決定去東京，之後一定無法應付其他的使費。想到這裡，他又忍不住深深呼吸一下……自己其實又哪有假期與時間，可以拋開一切，飛過去東京偶遇她呢？

她也不一定會特別想要見到自己。

就算真的可以見到面，之後又可以如何？

他忍不住又重重苦笑一下，關掉電腦，叫自己不要再胡思亂想更多。

有時實在想不開，他會回到曾經和她到過的海港城餐廳，他們走過的路，懷緬一下那些曾經共處的時光。

有時他會取笑自己，未免入戲太深，其實他們就只是在網絡上認識了半年時間，其實自己就只見過她一次面。

但有多少次，他從尖沙嘴，默默步行一個小時，去到她所住的黃埔花園。

他明知道在那裡不會找到她的身影，但他還是去了一遍又一遍。

記得她在電話裡提過，以前小時候，每到假期，早上一醒來，她就會纏著父親，帶她到麥當勞吃早餐。

那時他曾向她提議，如果再繼續談電話到清晨，如果仍然睡不著，那不如就一起去麥當勞吃早餐吧。她那時候也有說好。只是後來還是沒有實現到。

於是有一個夜深，他去到黃埔花園後，就一個人坐在海邊，默默等到破曉。然後他再走到麥當勞門外，等店員開門營業了，

就入內點了一份早晨全餐，並用手機拍了一張照片。

　　他有想過將那幅照片傳送給她，但下一秒又想，這樣做又有什麼意義。是會令她變得更快樂嗎，還是會令自己變得更卑微？又甚至是，對方不會察覺得到你這點卑微，一切就只不過是你這小丑的自導自演而已。

　　那倒不如，繼續停留在這一個遙遠的位置，默默地想念、緬懷、沉溺、自憐自傷，那至少還可以保留一點尊嚴和自在，可以任性地喜歡得更深，可以自由地隨時退後，不要再見。

　　因此，漸漸，他對 Elaine 的感情，真的變得可以看得很開很開。

　　彷彿重啟了那一個自私的愛人模式，他不會再打算或準備讓她知道，自己對她曾經有過或仍然懷著太深的喜歡。而現實的環境，本來也不容許他這樣做。他已經太過習慣用各種理由和藉口，來提醒自己何必再對一個人認真，來提醒自己從一開始就沒有那些資格。即使別人從來沒有說過、沒有判定過他沒有資格，但是他寧願首先認輸了，也不想到最後才發現自己輸得一敗塗地，一切就只不過是他自己不自量力想得太多，想要

得到太多。

那樣，自己至少還可以繼續笑著假裝，去做一個沒有太多煩惱的朋友，去做一個有著自信、可以讓別人依賴、可以被別人喜歡、可以偶爾去曖昧的對象。

2016 年夏天，Elaine 畢業回到香港。

他知道她找到一份理想的工作，但是兩人在訊息裡也沒有再細談太多，也沒有約出來見面。他沒有跟她提過自己父親的事情，事實上，他也沒有太多心力再向她告白，這兩年來所經歷和累積的各種困倦與迷惘。

然後到了 2017 年 7 月，他的生日。他的手機收到了她的祝賀短訊，並問他要不要約出來一起慶祝。

他在醫院裡，看著螢幕良久良久，想乾脆地拒絕或已讀不回，最後卻發現，自己心裡原來是有多麼的不捨。

101

This is
your
happy ending

This is
your
happy ending

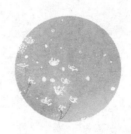

06／ 傾訴

This is
your
happy ending

張綺玲

6

　　和薛子文在一起後的第二個月，她終於約到一航出來見面。

　　他們約在西環海邊的一間酒吧。看到他出現，她第一句就忍不住抱怨：「最近很難約到你啊。」

　　「不好意思我遲來了。」

　　一航笑著向她道歉，但她有一種感覺，他像是在逃避一些什麼。

　　「還遲到呢！」

　　「對不起啦，剛剛來的路上塞車。」

「你平時不是習慣坐地鐵的嗎？」

「……今天不是。」他向她做了一個鬼臉，又問她：「你點了食物沒有？」

「還沒啊，等你來嘛。」

「那我們先點飲品吧，之後再看看想吃什麼。」

然後他點了一瓶啤酒，她點了一杯 Mocktail，又點了一客黑松露薯條，看著極遠處對岸的青馬大橋閃爍夜燈，一邊吃喝一邊聊天。

「你最近過得好嗎？」

「沒什麼好不好的，都是在上班、工作。」

「沒拍拖嗎？」

「有時有。」

「那即是有沒有啊？」

「想拍的時候就有，不想拍的時候就沒有。」

「那有沒有固定的對象呢？」

「有時有。」

聽到他又這樣回答，她忍不住翻了一下白眼。

「你再這樣不認真，沒有人會想跟你在一起啊。」

「沒有就沒有，都習慣了啊。」

「是嗎……」

「你呢，你最近拍拖快樂嗎？」

「快樂。」

她的回答雖然簡短，但一航感覺得到她的爽朗和直接，她

的神情像是終於考到一百分了那樣喜悅和滿足。

「很少見你會這樣回答呢。」他邊說，邊搔了一下後頸。

「是嗎？」她又甜甜笑了一下，說：「但是真的，我好像很久很久沒有試過，像現在這樣快樂。」

「是因為他對你很好嗎？」

「唔……嚴格來說，他也沒有對我特別好，我覺得還好吧。他會有照顧我的時候，也會有需要我照顧的事情，我們會互相幫忙、互補不足，而不是單方面地對另一個人好，另一方就只等著去接收。因為我們都很清楚大家的想法，什麼事情都可以聊、都可以一同思考或感受，所以……就算我們什麼都不做，就只是靠在對方身邊，但依然會感到心滿意足。」

「嗯。」

「我不知道你明不明白這種感受……但我真的覺得，在此時此刻，在這個世界裡，有一個人竟然可以與自己的心意如此共通，而那個人就已經在自己的身邊，而他也跟自己一樣那麼

107

This is
your
happy ending

愛和珍惜自己，這一份幸福……以前我真的不敢想像，自己能
夠擁有。」

「我明白你說的感受，這其實是很難做到的，有時候就算
兩個人本來互相喜歡也好……」

「為什麼會很難做到呢？」

「因為，人越大，就未必再像以前有那麼多心神、耐性與
勇氣，向另一個人將自己一直以來的想法、感受、秘密、傷疤
甚至各種價值觀都一一說明，除非那兩個人本來有差不多的思
考方式，有差不多的經歷與智慧，有相似的成長環境和生活環
境，這樣才可以省卻那些磨合的時間，還有避開可能會發生的
誤解與分歧，在感情還在最熱熾的時候，就達到那一個可以完
全知心的境界。」

她一直靜靜地細聽他的說話，像是若有所思，過了一會她
問：「原來之前她所說的這一番話，是因為這種原因嗎？」

「她？」

「嗯⋯⋯可能我沒有跟你提過，以前我媽媽跟我說過，將來如果要找另一半，就要盡量找一個心靈可以契合到的人。」

「哦⋯⋯」他又搔了一下後頸，然後問她：「那麼你們見了家長沒有？」

「見家長⋯⋯我還未見過他的爸爸媽媽，但他就見過我的媽媽，一起吃過幾次飯。」

「你媽媽喜歡他嗎？」

「我不知道呢⋯⋯但至少，應該沒有不喜歡吧。」說完她吐了吐舌頭。

「那你應該可以更放心吧。」

「是的。」

然後他拿起了啤酒，緩緩地一飲而盡。她也陪著他，喝了幾口 Mocktail。過了良久，他笑著問她：「你記不記得，我們以前有一次坐在海邊聊天，聊過的『十分理論』嗎？」

「記得啊。」

「那麼這一次，你認為是幾多分呢？」

「唔⋯⋯10分吧。」

「這麼確定？」

「嗯，因為⋯⋯真的，這是我第一次有這種感覺。」

「那也好啊。」

「怎麼你的語氣⋯⋯好像有點意興闌珊呢？」

她看著一航，眼裡帶著一點不解。

他看著她輕嘆一口氣，說：「因為你終於畢業了啊。」

「畢業？」

「之前你每次談戀愛，每次有煩惱，你都來找我傾談，然

後不經不覺，這些年就過去了⋯⋯然後你現在終於找到一位，你願意承認那是真正去愛的人。」

「你不替我感到開心嗎？」

「我替你感到開心，認真的，只是如果我說我沒有半點感傷，那也是騙你的⋯⋯」

「為什麼會感傷啊？」

「因為你終於不會再來煩我了，以後就不會有人請我喝酒了。」說完他假裝啜泣起來。

「你這人！」她感到哭笑不得，忍不住又說：「我們不是只有聊心事才可以出來見面的呀，平時我們也可以約出來。」

「之前我們本來就不常約見面，現在你有男朋友，要忙著拍拖⋯⋯見到就見吧。」他對她咧嘴一笑。

「找天我介紹你們認識，我覺得你們會談得來，應該可以成為朋友呢。」

「我不跟有女朋友的男生做朋友的。」他一臉正經地說。

「原來你是喜歡男性的嗎？」

「當然不是啦，我百分百喜歡女人，不好意思我說錯了。」

然後兩人吵吵嚷嚷，不知不覺又過了兩個小時。結賬後，他們沿著海邊漫步了一會，這晚天氣不太悶熱，偶爾海風輕輕掠過，感覺相當寫意。她看了一航一眼，笑著問他：「要不要一起走到中環？」

他回看她，神情像是有點奇怪，反問：「你這晚不是有駕車嗎？去了中環，你又怎樣駕車回家？」

她這才想起，自己將車子泊在附近的停車場。如果逛到中環，然後再回來取車，那會弄到很晚。

「我們下次再逛吧，我陪你去取車。」

他笑著對她說，然後回轉身往停車場的方向走。她只好跟在他的身後，心裡有一點點莫名可惜的感覺，但是又不知道應

該如何理解這點情緒。

　　不一會，他們去到停車場，走到她的淺藍色房車前。她掏出車鑰匙，打開了車門，她對一航說：「不如我載你回家吧。」

　　他對她搖搖頭，說：「我還想在附近逛一下，而且我的家很遠，待會我自己乘車回去就好。」

　　「這樣嗎……」

　　「你明早也要上班吧？不要太晚回家了。」

　　「嗯，好吧，那我們下次見。」她對他微笑揮手。

　　「下次見。」

　　他也笑著回道，然後就轉身前往可以離開停車場的電梯。她發動車子，緩緩從他的身旁駛過，看到他又再向自己笑著揮手再見，她也轉頭對他回以微笑。然後車子就駛離了停車場，駛離了西環。

只是，在駛到海底隧道時，她默默看著前面的車子，腦海裡一直浮現起，一航離開時的那一個背影。半小時後，她回到家裡，傳了一個訊息給薛子文，向他報告自己已經安全回家，再過半小時後洗完澡就會致電給他。薛子文很快就回了一個「知道」的貼圖。接著她又想起，要不要也傳一個訊息給一航，說自己已經回到家了，或是問問他是否還未回家。

　　只是當她打開和他的訊息欄，她又輕輕搖了一下頭，最後將手機放到床上。

程一航

6

再次和 Elaine 見面,他實在想像不到,她會約在第一次碰面時那一間海港城餐廳。

他們約定晚上七點鐘在餐廳門外等候。那天早上回到公司,他第一件事就是制定計劃,按時分配這天要完成的工作,務求在下午一時的午飯時間離開公司、乘計程車去醫院探望父親,之後在下午兩時前回到公司,再在下午六時準時下班離開公司。結果他在下午五時已經做完要做的工作,時間多出來了,他反而開始感到一點點緊張。

在乘車前往尖沙嘴海港城時,他又忍不住回想,Elaine 傳給他的訊息。為什麼她突然想約出來見面呢?為什麼在她回來香港已經快一年之後,她才提出想要見面⋯⋯

近一年來，他們在 messenger 裡的交談次數寥寥可數。因為時差的關係，每次都是只會傳三至五個訊息，對話就會在她的已讀不回下作結。

她在臉書與 IG 的日常分享，也變得越來越少。是因為她工作太忙嗎，還是因為她一直在熱戀中，所以才沒時間更新。他叫自己不要再亂想太多，因為實在沒有意義。但心裡對她越來越陌生的感覺，卻是與日俱增。偶爾看到她貼出一張沒有文字描述的風景照，他又會好想知道是在什麼地方拍攝，會去猜測她拍攝時有著哪種心情、決定發佈時正在想些什麼。他知道這是不會有答案的，自己就只是想去求證和印證，這一刻的自己還有多喜歡這一個人。

下午六時三十八分，他已經到達海港城。他調整了一下呼吸，緩緩往餐廳的方向走去，不時留意四周會不會有她的身影出現。到了六時五十分，他收到她傳來的訊息，說剛才公司因為臨時要開會，現在正乘地鐵從葵涌過來。他回覆她可以慢慢來，自己也是正在路上。然後他在餐廳的不遠處，找了一個不會有太多人經過的位置呆站。

他估計，她從葵涌乘地鐵到尖沙嘴，再從車站步行到餐廳，

大約要三十分鐘以上的時間。不如再去其他地方逛一下，但是他又怕她會突然早到。然後等到七時三十分，他終於看到她的身影出現。

對他來說，那是相隔了三年時間的重逢。

她先是對他說抱歉，不好意思讓他等了這麼久。他對她說他也沒有來了多久，還在附近逛了一下。之後他們步進餐廳，在預先訂好的窗邊位置就坐。他很慶幸雖然他們遲到了，但餐廳仍有為他留下這張桌子。他問她想吃什麼，這次她沒有只點飲料，她選了一客黑松露帶子意粉，一杯冰柚子紅茶。他告訴她這裡的甜品相當不錯，而且有她喜歡吃的綠茶雪糕。她聽到後顯得相當期待，說待會如果還沒吃飽的話就再點甜品。之後他們開始交換彼此的近況，她告訴他這一年在公司工作的各種滿足與辛酸，他依然沒有告訴她這幾年來父親患病的事情，他依然會覺得她沒有太大興趣想要知道，就算說給她知道對這次再會也不會帶來什麼益處。兩人邊談邊吃，不經不覺過了一個小時。她喚來侍應結賬，他以為她是想要回家，怎知道她提議在附近四處逛逛，他自然說好，於是兩人就漫步走到海港城上面的露天停車場。

他感覺得到，這一次和她重逢，她沒有上一次那樣拘謹，比起上一次她更多了主動說話，對他的說話也總是題得感到興趣。他不知道這是不是他自己的錯覺。但起碼，在晚飯後，她沒有立即說要回家，這已經與上一次見面時的境況，已經有著極大的差別。

　　「說了這麼多，也還沒問你……你最近有拍拖嗎？」

　　走到停車場的盡處時，Elaine 看著他笑問。

　　他沒想過她突然會這樣問，不自覺地搔了一下後頸，回她：「之前不是說了嗎，工作實在太忙，有時間見朋友，但實在沒有時間拍拖。」

　　「你之前不是說過，公司來了一個新同事，很漂亮的，你打算發起追求嗎？」

　　他沒想過她會一直記住他這個亂謅出來的謊話，忍不住苦笑一下，回她：「騙你的，哪有什麼漂亮女同事啊。」

　　「啊，騙我的？為什麼騙我啊？」她一臉不解地問。

「唔⋯⋯我都不記得了。」他忍不住又搔了一下面頰，趁機帶開話題：「你呢，你和男朋友⋯⋯最近相處得好嗎？」

她輕輕嘆了口氣，看著大海說：「我也不知道好不好。」

「為什麼呢？」

「嗯⋯⋯有時候，我會覺得，他並不是太喜歡我。」

「不是太喜歡你⋯⋯但，他待你好嗎？」

「他一直都待我很好，我們在一起快三年了，我們依然每星期都會見面兩至三次。」

「那應該也不錯呀⋯⋯還是你覺得他喜歡了其他的人？」

「應該不是的⋯⋯我相信不是因為有第三者。」

他看著她，感覺到她欲言又止。他於是嘗試安慰她：「那會不會是因為，你們在一起已經三年了，感情沒有變淡，只是有時欠缺了一些浪漫和激情？」

她忍不住微微搖頭笑了一下，對他說：「我也不知道是不是這樣，其實之前也有試過因為在一起久了、感覺開始變得沒有最初那麼甜蜜的情況……但這一次跟之前那一次，我知道是不一樣的。」

　　「有沒有一些例子嗎？」

　　「例如……你會明顯感受得到，他對待你的態度，沒有從前那樣的熱切和期待。以前也試過這樣，但那時候至少還會有多一點確定，你最多只會感到他是開始嫌自己有點麻煩了，他不會再像最初那樣戴著濾鏡模式來包容你的缺點……但他依然會將你放在一個重要的位置。而現在我會覺得……他依然會待我很好，但有時會有一種感覺，他像是不想再這樣下去了，像是隨時都會放棄的樣子。」

　　「你們最近有吵架嗎？」

　　「沒有呢，連一點誤會或冷戰也沒有。如果有吵過架，我至少還能去猜想發生了什麼事。」

　　「那……很難猜到他為什麼會有這樣的轉變啊。」他忍不

住苦笑一下，又向她提議：「你有想過直接問他原因嗎？」

她搖搖頭，嘆息說：「他不會答的。」

「又或是⋯⋯你將你自己的感受告訴他？」

「如果他之後回說，就只是我自己想得太多⋯⋯那不是很糗嗎？」

「可能會很糗，但兩個人交往，最重要還是坦誠交心嘛。」

「我覺得這是建基於要互相喜歡的前提下。」

「那你現在還喜歡他嗎？」

她沒有立即回答，過了一會才說：「如果 10 分滿分的話，我想現在有 9 分吧。」

「9 分不是已經很高了嗎？」

「9 分算高嗎？」

「那麼在你自己的標準，是要達到多少分，才會想要跟另一個人在一起？」

「⋯⋯至少 9 分以上吧。」她這樣回答，然後又像是有點難為情。

「那就是很高分了嘛，有些人是只要有 6 分、7 分，就會想和對方在一起的了。」

「原來是這樣嗎⋯⋯」

「那你現在至少還是很喜歡他嘛。」他心裡嘆氣。

「但⋯⋯」

「嗯？」

「難道就不可能再更高分，變成 10 分嗎？」

「不是不可能⋯⋯但這些都要看運氣吧。」

「例如是怎樣的運氣呢？」

「我曾經聽人說過，兩個人可不可以在一起，是看彼此喜不喜歡對方，但在一起之後呢，這兩個人可不可以走得更遠，就還要大家的性格、智慧、價值觀、思考方式、成長環境、家庭……如果這些彼此都相差太遠，就會很難一起走下去。」

「那……心靈契合呢？」Elaine 輕聲問。

「心靈契合？即是價值觀、思考方式、智慧等等都可以很接近，可以做到互相坦誠分享，也可以做到互補不足吧……」

「嗯。」

「所以有時我覺得，要做到 10 分喜歡一個人，真的要看運氣。很多人可能一生人也沒有遇到一個 10 分喜歡的人，又或是遇到了，但沒緣分在一起。」說完他輕輕嘆了口氣。

「那些未找到 10 分對象的人，但又跟別人在一起、甚至結為夫婦，不會覺得很委屈自己和對方嗎？」

「或許，但有多少這樣的情侶，最後也能夠找到幸福，到老白頭啊。」

她聞言，怔怔地說不出話來。

「所以，我覺得有時也不用太執著是否可以達到 10 分，又或者現在未可以，但不等於將來不可以。」

「我會繼續努力的。」

她看著大海，像是許下了一個心願。他看著她，心裡有些刺痛，但還是輕拍了她的肩膊一下作為鼓勵。

「那你呢？」然後這時候，她忽然轉過頭，嬌憨地笑著問他：「你有沒有遇過一個，可以讓你十分喜歡的人？」

有一瞬間，他感到自己的一顆心像是被用力捉緊一樣。

他好想立即回答她，那一個藏在他心裡已經很久很久的答案。

但下一秒鐘，他反射性地展現了已經練習了無數遍的微笑，輕輕地回答她：「有啊。」

　　「真的嗎？你有和她在一起嗎？」

　　「沒有，而且都很久以前了。」

　　「那你當時有向對方展開追求嗎？」

　　然後他又輕輕搖了搖頭。

　　「如果喜歡，為什麼不立即去追呢？」

　　「因為那時候，我想再確認一下自己的心意。」

　　「通常不是先去追了，之後才再慢慢確認嗎？很多人都是這樣吧……」

　　「嗯，所以後來，她跟別人在一起了……我和她還是只能夠繼續錯過。」

聽到他這樣說，她也不知道應該怎麼回應才好，就只是輕輕嘆了口氣。他一直看在眼裡，心裡依然有些刺痛，但又彷彿覺得有一點釋懷。他對她說：「希望你和你男朋友可以雨過天晴，繼續好好地一起走下去吧。」

「謝謝你，聽我說了這麼多。」她一臉愉快地看著他，又說：「你還是那一個，可以最輕易解開我心中迷惘的人呢。」

他心裡有點受寵若驚，想不到沒有和她見面這麼長的時間，自己仍然可以在她心裡留下一個這樣的印象。他說：「你有什麼事情想找人傾訴，也可以隨時找我。」

「好啊。」

她笑著點了點頭，與他又對望一眼，神情猶如遇見一位充滿默契的好友。他告訴自己，這樣就已經足夠了。這樣子，就已經要比以前幸福得太多太多。

127

This is
your
happy ending

128

This is
your
happy ending

07／ 生日

This is
your
happy ending

張綺玲

7

每星期的二、四、六，她都會和薛子文約會。

星期一下班後，她要上瑜伽課。星期三的晚上，他要教攝影班。至於星期五的晚上，他們都決定留給自己的朋友。

星期六兩人都不用上班。有時他們會駕車去可以看到海的餐廳，吃一個下午茶，然後在海邊散步。有時他們會躲在他的家，看一齣電影，一起煮晚飯。

她發現薛子文也有一點烹飪的天分，偶爾她太累了，在他的家裡睡著，醒來時總會聞到一陣食物的香味，有時是煮意粉，有時是日式蛋捲，都很合她的口味。她問他是誰教他烹飪，他說是自己疫情時在 YouTube 學回來的，然後他們就互相分享平時會看哪些 YouTube channel，結果超過九成是他們都會喜歡和追蹤。

偶爾，她會在他的家裡過夜，兩人躺在床上，一邊聽彼此手機裡的歌，一邊天南地北。他們什麼都會談，童年、時事、潮流、家人、經濟、心靈、追星、政治、迷信、宗教等等，雖然未必都談得很深入，但每次都可以激發到一些新想法與角度，她很喜歡可以和他一起擴展視野的感覺。

　　有一次他們聊起自己身邊的朋友。她告訴他，在自己心目中，最好的朋友有五個。她要他猜是哪五個，他抬頭想了一會，然後回她：「Maggie、Hazel、Tiffany、思哲……還有……Rachel，是嗎？」

　　她回看了他一眼，有點得意地說：「你都猜中了。」

　　「真的嗎？」他也忍不住笑了。

　　「Maggie、Hazel、Tiffany，我們從小學一年班就已經認識了，雖然後來我們去了不同的學校就讀，但大家依然互相陪伴著中，一起經歷了很多很多……而思哲呢，雖然我現在和他不常見面，但從小到大我一直都當他是我的親哥哥，我們有什麼都可以互相分享。而 Rachel……嗯，我總是無法放心她自己一個人，她心裡有太多鬱結，我真的好想有天她會遇到一個可以對她很好很

好的人，她也可以開心地去做回她自己。」

「嗯，我就猜到。或者有空你多點約她見面，陪她散散心。」

「嗯。不過⋯⋯嚴格來說，其實還有一個人。」

「還有？」

「除了剛剛你猜的五個，有一個你未見過面的，他叫程一航⋯⋯」

「我好像聽你提起過這個名字。」

「嗯，他是我很多年前，在臉書認識的朋友。」

「啊，是幾多年前呢？」

「嗯⋯⋯都快九年⋯⋯還是快十年呢⋯⋯」

「原來這麼多年前你就在臉書結識朋友啊。」

她看了薛子文一眼，笑問：「你會吃醋嗎？」

　　「我才不會吃這種醋。」薛子文說完，用食指輕彈一下她的額頭。

　　她捉著薛子文的手，續說：「對我來說，他是一個有點特別的人……每次我遇到一些煩惱，而我無法想得通的，我就會想去聽聽他的意見。他總是可以讓我看到一些之前沒有想到的角度或盲點。就算有時他未必可以幫我找到答案，但他總是會很耐心地記住我的說話和想法，然後我就會覺得……自己原來並不是真的那麼孤單。」

　　「耐心傾聽是一種很難得的才能呢。」

　　「是啊，不過他……他都不會講太多他自己的事情，就算我想了解或聽聽他的心事，也總是會覺得很難很難呢……」

　　「你有想過為什麼嗎？」

　　「你猜得到原因嗎？」

「我也只是亂猜的。可能他是真的沒有心事，所以才沒得和你分享。又可能他覺得跟你說了，你未必會幫到他，而他自己可以處理得到，所以就不讓你知道了。」

「那就算我未必幫到他，但也可以陪他一起思考或面對嘛。」

「他今年幾多歲呢？」

「應該是 35 歲吧，他比我們大五年。」

「可能去到那個年齡，有些煩惱也是不知道可以怎樣跟別人分享。例如我有一位比我大八歲的朋友，他叫阿和，我們以前是打籃球認識的，以前每星期我們一班人都會相約一起打籃球和比賽，打完之後就去茶餐廳吃晚飯、談天說地，甚至通宵看足球比賽。只是最近一兩年他很少出現在籃球場，後來聽其他球友提起，原來阿和的父親患了癌症，這兩年來要經常陪父親進出醫院，又要照顧同樣開始年老的母親，而且治病也用了他不少錢……這些事情阿和一直都沒有跟我們說，但轉念一想，我們又未必可以幫到太多。或許金錢上我們可以支持他，但陪伴及照料家人，卻不是其他人都可以幫忙，而那是極耗費時間

與心力的，很多時其他人也未必可以明白太多。」

「有時我也會想，如果媽媽有天老了，自己是不是懂得照顧她⋯⋯」

「沒有人第一天就懂的，但我相信這是人生必經的過程⋯⋯到了那天，我們就一起來學習吧。」

「嗯。」

「又，不知道將來有沒有機會，可以見到你那一位朋友呢？」

「你說程一航嗎？」

「是啊。」

「我也想介紹你們認識呢，看看將來有沒有機會⋯⋯」

「嗯⋯⋯你累了吧，快點睡吧。」

「嗯。」

然後她闔上眼，聽到薛子文關燈的聲音，不一會就睡著了。

之後她做了一個夢，不知道是不是因為臨睡前提過一航的關係，在夢裡她遇見他，一起在某個她不認得的海岸，一起喝著啤酒，一起聊著一些她不記得是什麼的話題。但她一直都覺得很輕鬆，很開心，很滿足，很懷念。醒來的時候，她感到一點點的刺痛。薛子文問她怎麼了，她微笑搖搖頭，然後她問自己，為什麼會搖頭。

後來，她偶爾都會做這一個夢。每一次她都問一航，那裡是什麼地方。但一航就只是一直在微笑，始終沒有告訴她答案。

漸漸她開始明白，他只是用微笑來拒絕自己，無論她有多麼想和他交心，無論她有多麼期待，可以一起經歷更多、繼續一起成長，但他始終不會讓她真正靠到他的身旁，在他們之間，永遠像隨著一個身位的距離，永遠都只會在那一個可以看到海的岸邊。

一直以來，現實中的一航，也是這樣對待自己嗎？

有時夢醒過來，她會傳訊息給他，例如「早晨」，又或是提醒他「記得吃早餐呀」，因為她知道他的胃一直都有點毛病，很容易胃痛。

但是他一直都沒有回覆。

後來，她的工作又再漸漸變得忙碌，聖誕節和農曆新年的時候，她與薛子文去了兩次日本旅行，每天都有各種微碎而又幸福的小事填塞了所有時間，她也開始不是那麼在意甚至記得，一航最後都沒有回覆訊息，也沒有再主動來找過自己。

然後到了 2024 年 3 月 15 日，她的生日。

每一年她的生日，都一定會收到一航的生日祝福訊息。

但是這一年他沒有傳訊息過來。

她打開一航的 IG 和他的臉書，見到他昨天晚上還有更新，他並不是沒有半點時間去用手機。

就只不過是，他已經忘記了自己的生日。

程一航

7

與 Elaine 重新往來，他最初也有一點不習慣。

他知道不是她的問題，就只不過是這幾年來，他已經太習慣自己一個人生活。每天的作息基本就是上班、探病，或回家照顧父親，假期時他也有出外逛逛，但通常他也是沒有主動去約人。

偶爾會有朋友和舊同學約他聚會或吃飯，如果有時間，他也會出席。但這些交際或應酬，他會視為短暫性的，不會花彼此太多時間和心力，約出來見完面後，就不用再在訊息裡細談下去，彼此會回到各自的世界繼續生活，互不打擾，直到下一次想再敘舊為止。

但 Elaine 不同。

她實在是一個太喜歡跟別人在 messenger 聊天的女生。只要你有回覆，只要她覺得你的訊息內容不是太過敷衍，只要她可以偷懶，她就會在十分鐘內回覆你的訊息，而且很多時會回覆兩至三個。

　　在海港城晚飯完回家的那一夜，他才剛回到自己的家，就已經收到她的訊息。

　　「回到家沒有？我剛回到了 ^^」

　　他看著訊息，心想自己又不是她男朋友，為什麼她要這樣向自己報到。

　　「我也剛回到了」

　　「這麼快就到嗎」

　　「晚上的道路沒怎麼塞車」

　　「哦，說起來我想考車牌呢」

「你考車牌⋯⋯？」

「怎麼了？_？」

「我是擔心你不認得路啊」

「你考到駕照那天，你一定要告訴我」

「⋯⋯為什麼要告訴你？」

「我會看你在哪區出沒，然後避免前往 ^_^」

「 \ _ / 」

　　和她再次傳訊息，他重拾了與別人交心往來的所需要的節奏、默契與感覺，也勾起了自己從前與別人曖昧時，在深夜裡看著手機螢幕的種種回憶。

　　只是過了不久他就發現，或重新記起，Elaine 會這樣不斷跟自己在手機裡傳短訊，當中並不蘊含著太多曖昧。

因為她的訊息內容，大多圍繞她與男朋友的近況。

她依然希望與男友回復到往昔的親密，但是也一直感到無能為力。他有試過鼓勵她向男友坦白，或是用比較間接的方式表達自己的感受，但她還是會害怕讓一切都搞砸。

然後又過了半個月，對方還是向她提出分手，她無奈地接受。

「他應該是認識了其他女生吧？」

看著大海，她帶著醉意，苦笑問他。

他輕輕嘆一口氣，回她：「那你寧願，他是因為出軌而向你提出分手，還是因為他沒從前那樣喜歡你，所以才提出分手？」

「……我兩種都不想要。」

「你會熬過去的。」

「……真的會嗎？」

「至少你這一次，沒有像上一次失戀時，那樣哭個不停。」

聽到他這樣說，她彷彿才想起，從前自己為 Martin 那樣的人傷心落淚過。她盯了他一眼，反駁：「我有哭，只是你不知道而已。」

「是的是的，但至少你現在不想再哭了。」

「人越大，就越難哭出來呢⋯⋯」她放下啤酒，將頭倚在他的肩膊上，輕輕說：「我跟他努力了三年，一起從美國回到香港，一起經歷過那麼多⋯⋯他怎麼可以說走就走。」

然後他感到，自己肩膊的衣衫彷彿被沾濕了。但他還是沒有稍動，任由她繼續倚傍著。

失戀後，Elaine 會來找自己傾訴，他內心其實苦樂參半。樂的原因無須多解釋。但看到她這樣傷心難受，也不是他的所願。那陣子，每逢星期五，她都會約他到紅磡海旁，聊天散心。有時她會買幾罐啤酒，要他一起對酒當歌。夜了，他會送她回去

她所住的、就在附近的黃埔花園。

然後有一次，他送了她回家，準備轉身離開時，忽然有一把女聲喊住他。他最初以為是 Elaine，怎知當回轉身，他沒有見到 Elaine，就只有一個穿著行政套裝的女人，拿著手袋，神態像是剛剛回家，卻雙眼定睛地凝看著自己。

「你⋯⋯剛才叫我嗎？」他開聲問。

那個女人點一點頭，說：「你是 Elaine 的朋友嗎？」

他心裡一愣，猜想眼前的人，可能是 Elaine 的家人。他連忙點點頭，說：「是的，我是她朋友。請問你是⋯⋯」

女人聞言，隨即微笑一下。但不知為何，從那份笑意裡，他感受到一點虛假，卻又不是對待初認識的陌生人那種虛假。女人說：「我是 Elaine 的媽媽。」

「啊，原來是伯母。」

她又看了他一眼，他感覺自己像是被她全身掃視。過了一

會，她說：「謝謝你送 Elaine 回來。」

「沒什麼……」

但他還未說完，對方就已經轉過身，走進大廈裡，剩下他看著大門，哭笑不得。

後來他沒將這件事告訴 Elaine。他在之前已經隱約感到，在她的成長過程中，她是有多在意母親的看法，直到現在仍在她心裡有著很重要的分量。例如她會到美國留學，是因為母親為她安排的。她中學會讀女校，是因為母親不准許她談戀愛。她小學時有學鋼琴及芭蕾舞，是因為母親說這些對她將來會有用。她出來工作後始終沒有搬出來住，是因為母親認為她浪費金錢、不如儲錢將來置業……即使他知道 Elaine 是有多想嘗試在香港獨立生活。

他不知道，如果自己跟 Elaine 提起，她的母親曾對他這樣「打招呼」，她之後會不會感到壓力，然後生出不必要的胡思亂想。而另一方面，在那一夜之後，Elaine 也開始沒再每星期約他見面。

原因是，她告訴他，自己好像遇到另一個讓她感到心跳的
人。

然後三個月後，她就和那一位叫 Daniel 的男人，在一起了。

原本他以為，自己應該會因為她又再與別人戀愛，而感到
很不開心。他在很早以前，就已經預期過這一天隨時會再次來
臨。

但是這一次沒有。

踏入 2018 年不久，父親的病情突然急遽轉差，醫生建議要
住院觀察，並提醒他要做好心理準備。

每天他都會去醫院探望父親兩次。因為醫生有為父親注射
止痛藥，父親的精神有時反而比起住院前要好，可以和他聊一
會天，吃一點東西，一起看電視節目。

但也有很多時候，因為藥力太過強勁，父親會陷在半夢半
醒的狀態，無論如何呼喚都不願意起床。每次他就只能坐在他
身旁，等待他醒來，直到探病時間完結。

有時他會看著父親的臉，從小到大，自己都沒有這麼多時間可以見到他，可以長時間凝視他的臉龐。他記得自己小時候，試過親手畫生日卡送給他。但是他要等到父親節後的第二個星期天，才可以見到他、送給他。他又記得，有一次，和父親乘車回去嫲嫲的家，在路上父親忽然對他說，自己其實很想跟母親復合，只是她已經改嫁他人。他一直都不明白父親為何會說出這一番話，因為自己剛剛明明才見到，父親與女朋友依偎相擁，一點都不像是仍然掛念母親的模樣。

　　直到很久很久以後，有天醒來，他才突然想到，父親那時候會對自己說那一番話，可能並不是因為父親真的對母親仍未忘情，而是對他這個兒子感到有所虧欠，因為自己未能給予他一個完整的家，所以即使撒謊也好，也不想讓他感覺太孤單……是這樣嗎？

　　他一直都想問，但是又不知道應該如何開口，也怕這只不過是自己的一廂情願，結果反而將自己一直感到被虧欠的不忿與疲累，報復在這一個已經奄奄一息的病人身上。

　　然後有天，他下班後去探病，父親竟然難得清醒，於是他餵父親吃了一點粥，吃了布甸，又為他回覆了手機的一些訊息，

然後坐在他身邊，一起看電視打發時間。

「這陣子，辛苦你了。」

忽然父親這樣對他說。他從未曾聽過父親會因為別人的幫忙，而說一句對他來說算是放低姿態的道謝說話。

「也沒什麼，還好。」

他輕輕回說，不想讓父親有任何顧慮。

然後父親對他微笑一下，沒有再說什麼。

然後第二天上午，父親在睡夢中過世了。

之後有好長一段時間，他都沒有接聽朋友的來電，沒有回覆朋友的訊息。

當中也包括 Elaine。

對他來說，這幾年與父親的一起生活，是一個沉重的負累。

每天要照顧他的起居生活，要陪伴他進出醫院，要為他的病尋找適合的治療或舒緩方案，要花費甚至借貸大量金錢去繳付醫療費用，每一項都為他帶來不少壓力，而這段路也沒有太多的人可以支援或協助。

偶爾他有想過，如果當天自己沒有接聽何姨那一通電話，自己是不是會變得更輕鬆？然後他又想，自己小時候曾不止一次許願，早日搬離嫲嫲的家，然後去跟父親一起生活。結果現在真的如願了。這是自己所期待所選擇的結果，沒得怨人。

但如今他的父親，終於走了。

他回到家裡，替父親執拾本來不多的遺物，發現父親在衣櫃裡，依然收藏著他小時候所畫的生日卡、聖誕卡、復活節卡、中秋節卡、父親節卡……

明明那時候，自己就只是想討他歡心，希望他多點回來帶他去逛街，才會一直畫這些卡送給他。想不到他竟然珍而重之地，一直保存至今……

然後，他終於可以哭出來了。

之後他一直忙著處理父親的後事，偶爾 Elaine 傳訊息給他，他大多數也是已讀不回。他知道自己可能需要找一個人傾訴，但他還是選擇自己一個人讓情緒慢慢沉澱。每天他依然有上班，努力工作，和同事談笑，一起吃飯。只是其他時間，他都會寧願獨自回思，這幾年來與父親的種種回憶。

　　到了七月，夏天。

　　那日一整天都下著滂沱大雨，他下班後沒有地方想去，於是就撐著雨傘，從公司漫步回家。走了一個多小時，終於去到他自己所住的樂華南邨，只覺得身心無比困倦。他問自己，為什麼要讓自己弄得如此狼狽。但是他沒有回答，就只是繼續往前回家。

　　然後走到家樓下，他見到 Elaine 撐著淺藍色的雨傘，一直微笑著，等他自己走近。

　　他告訴自己，是自己看錯了。

　　是自己太想念她吧。

就只是人有相似而已。

怎麼可能是她。

怎可以是她。

她應該都不知道，自己住在這幢樓。

她應該，現在忙著陪她的新男朋友。

應該是這樣的。

只是越是步近，她那一張笑臉，越是顯得耀眼溫暖。

他再也無法否認、逃避或淡忘，自己仍然如此掛念，如此喜歡，這一個人。

「喂。」

她輕聲笑嚷。

「喂。」

他勉力笑著回應。

然後她從背包，拿出了一樣東西，是一份用藍色花紙包裹好的禮物。

「生日快樂！」

她雙手捧著禮物，送到他的面前。

一直以來，他都不是很重視生日這個日子，沒有想過要特別慶祝，沒有要求過別人為他慶祝，不論是家人，或是以前喜歡過曖昧過的對象，他從來都沒有要求或期待過，漸漸大家也以為他不需要慶祝生日。

只是他沒想過，她依然會記得這個日子，然後在此時此刻，特意來到這裡，為自己送上生日禮物，為自己打氣……

即使這一份生日禮物，沒有蘊含一點點愛情。

但他答應她，以後每年的三月和七月，都要約出來一起慶祝生日。

　　不守約的話，就是怪獸。

153

This is
your
happy ending

154

This is
your
happy ending

08／ 次要

張綺玲

8

每一年一航生日，她都會約他出來吃飯慶祝。

每一年，她都會為他準備一份生日禮物。

她其實不太懂得，作為生日禮物，男性比較喜歡收到哪些物品。是要實用的，還是好玩的？是可以送衣服，還是送銀包、飾物？但有些東西，作為朋友又不可以亂送。太名貴不好，太簡單又未必可以表達心意。

另一方面，她覺得自己並不是很了解一航的喜好。有一年，她送了一盒 Gundam SEED 模型給他。她在購買之前，曾經在網絡上做資料搜尋，知道那是特別限量版，在香港只有兩間店舖可以買到。她知道一航喜歡 Gundam SEED 這套動畫，於是就提早向店舖預訂那套模型。

但她意想不到，那套模型的面積，比 16 吋的 MacBook 還要大。她一個人從店舖捧著模型回家，直到他生日那天，她將模型預先放進車尾廂，到夜晚和他吃完晚飯慶祝、送他回家時，才將禮物拿出來給他驚喜。她以為他會喜歡這個驚喜。

　　只是當一航拆開包裝紙，看到裡面的 Gundam SEED 模型，原本興奮期待的表情，變成了微微苦笑。她看見了，輕聲問他：「怎麼了……我送錯了嗎？」

　　「送錯？」一航回看她一眼，然後又搖頭：「沒有啊，你沒送錯。」

　　「但……你看上去好像不太喜歡。」

　　他沒有回答，就只是微微笑著反問：「你怎麼知道我喜歡 Gundam SEED 的？」

　　「我偶爾會看到，你在臉書讚好這齣動畫的貼文，所以就記在心裡了。」

　　「原來如此。」

This is
your
happy ending

他依然保持著微笑，但也無法掩飾眼裡那點不自然感。

她忍不住輕嘆：「喂，你告訴我吧，你是不是不喜歡這份禮物？」

「你送的，我都喜歡，但這次有一個問題……」

「是什麼問題呢？」

一航又看了她一眼，最後還是苦笑說下去：「我不喜歡砌模型。」

「……男生不是都喜歡砌模型的嗎？」

「有些男生喜歡，有些男生不特別喜歡，而我是怕麻煩。」

「為什麼會麻煩？」

他拿著模型盒，將封面的機械人圖案轉到她面前，向她解釋：「例如這一盒模型，當你將裡面的零件組裝後，就會變成這一個機械人……你認為是這樣嗎？」

「⋯⋯難道不是這樣嗎？」

他向她微微搖頭，打開模型盒，取出裡面的組件，繼續解釋：「砌好之後，是會組裝成機械人，但又不完全是那個機械人⋯⋯為什麼會這樣呢？那是因為，機械人還沒有上色。」

她也從模型拿出一組藍色的組件，看了一會，疑惑的問：「這個組件不是有藍色嗎？」

「是有藍色，但你看這處。」他指向一塊組件，那應該是屬於機械人胸口位置的組成部分，然後他又指回模型盒面圖畫裡機械人的胸口位置，說：「它的胸口，除了有藍色，還有黑色、金色，以及一點紅色，另外還有一些黑色線條，如果不塗色，那就一定是無法呈現出這種效果。」

她開始有點明白他想說的問題，於是也苦笑一下，問：「塗色會很難嗎？」

「說難不難，說易不易，就看平時有沒有多練習⋯⋯如果熟練的話，這套模型，應該可以一至兩星期就完成塗色。」

「那……如果不熟練呢？」

「一、兩個月吧，我這種雙手不靈巧的人，可能要更久。」

「所以你才不喜歡砌模型。」

「我喜歡到模型店看有什麼新款式，或是欣賞櫥窗裡店主塗色好的完成品，看了，就當買了。」

「原來如此……」她感到有點意興闌珊，將組件放回盒裡，微微苦笑說：「那麼我再送另一份生日禮物給你吧。」

但是他卻抱著模型盒，對她說：「不要。」

「為什麼不要啊？」

「你已經送了這份禮物給我，它就是我的了。」

「但你不喜歡砌模型……」

「這是我的問題，你不要管我。」他輕快地對她說，像是

突然想到了一些什麼，目光也變得帶著期待和興奮。最後他對她說：「謝謝你送我這一份禮物呢，我很喜歡，我會好好地完成它。」

明明剛才說不喜歡砌模型，但現在卻說很喜歡這份禮物。她不明白他的想法為何會有這種轉變，但是也不敢再細究更多，只要他真的感到喜歡就好。

一個月後，她在 messenger 裡收到一航傳來的相片，裡面是一個機械人模型的特寫照片。她認得是模型盒圖畫封面裡的機械人，只見機械人各個部位都已經塗了相應的顏色，以及畫了細紋。她從網絡找回之前想預訂時，官方網站展示的模型圖片，與一航的完成品相比較，她認為有 95% 相似。於是她傳訊息回覆：

「很厲害啊Ｏ口Ｏ」
「你塗得很漂亮呢」

「謝謝 ^＿^」

「你花了多少時間去塗色啊？」

「三個星期吧」

「這麼快！」

「想早一點給你看完成品嘛 ^＿^」

「最緊要你會喜歡 ^^」

「一定會喜歡的 =)」

　　後來她拿著一航的相片，問一位會砌模型的男性朋友，如果新手要砌這盒模型，要花多少時間才能夠完成。朋友告訴她，時間是其次，最重要還是要準備適合的顏料、線筆、噴油及打磨工具，如果用了不適合的工具與顏料，也可以很費時間。

　　朋友告訴她，如果每天花三個小時去打磨及塗裝，以照片裡模型完成品的水準，三星期算是很快的了。只是她又想起，一航平時總是很忙，本來未必可以抽太多時間去砌模型。他是不想讓自己感到失望，才這麼快去完成這模型吧？

　　因此，之後每次選禮物給一航，她都會思考很多很多。

第二年，她送了一對無線耳機給他。第三年，她送他一個小小的座檯燈。第四年，她就送了一個時尚的斜背皮包給他。

　　每一次，一航都會表示喜歡她所送的禮物，但是她總會覺得，他並不是真的很喜歡。就例如那一對無線耳機，後來她也沒有看到他使用過，有時和他碰面，見到他用手機聽歌，他依然是沿用他原本的有線耳機。她想過問他為什麼不用新的耳機，但又不想讓他感到勉強，然後又想，其實他自己覺得喜歡就已經足夠了，禮物是心意，送了出去之後，就沒有資格去過問或要求太多。

　　一直以來，她都喜歡為自己認定的好朋友慶祝生日。為了可以讓對方由衷地感到快樂，她可以不惜時間和心血，去為對方製作蛋糕、尋找禮物、預訂餐廳或場地、聯絡可以一起慶祝的朋友，期盼能夠為這一位慶幸可以與自己相知相交的好朋友，送上一份難忘的驚喜。

　　也正因為她是一個會付出真心與時間去和朋友交往的人，所以她的人緣向來不錯，很多朋友都喜歡和她來往，她也經常在不同場合認識到新朋友。

This is
your
happy ending

就好像一航，最初她本來是他臉書專頁裡，其中一位從來沒有留言的讀者。他的專頁平時會分享一個些有趣的廣告作品，那時她還在美國留學，她追蹤也是為了想了解多一點廣告業的資訊，方便自己將來回香港發展。有一次，一航忽然在專頁裡，發佈了一篇與廣告完全無關的愛情故事，她在家裡無意中看見，結果一看就看了半個小時，她忍不住為了故事裡的角色與遭遇感到可惜，她相信，這個故事不完全是虛構，裡面一定埋藏著作者自己的親身經歷，還有對愛慕者的思念與不捨。

之後她主動傳訊息給作者，說很喜歡他寫的故事，一航很快就回覆答謝。她發現他比想像中來得健談，思考方式也比自己成熟。自此之後，她不時會和他分享自己對愛情的一些看法，或是與男朋友相處時的疑惑與煩惱。她有問過一航，會不會再寫其他的故事，但每次一航都會回答沒有靈感和時間。她鼓勵他繼續寫，他總是說會再考慮一下。

後來，她從美國回來香港放暑假，她和一航見了一次面。因為一航沒有在專頁裡放過自己的照片，他在和她談電話時，他總是形容自己是一名胖子，不修邊幅。她知道他是開玩笑，但是也不會對這一位人生中第一個會約出來見面的網友，抱有過高的期望。

然後到了約定的日子，他們真的見面了，她看到一個穿著恤衫、牛仔褲、球鞋的男子，用上在電話裡聊天時相同的聲線，有點不自然地向她自我介紹。他的外形一點也不肥胖，也沒有很不修邊幅，只是她沒有想像過，自己在電話裡聽到的溫柔聲線，真人竟然是這樣的形象。那一刻她實在感到有點超出預期，不是失望，不是意外，而是一種她始終無法說明的感覺。

　　那次見面之後，他們依然會在電話裡聊天，直到她回去美國繼續升學，才變回用訊息對話。她很慶幸自己認識到他，感覺自己像是多了一位思想成熟、會關心自己、願意傾聽自己心事的兄長，他總會在她感到迷惘失意的時候，為她排難解憂，讓她可以重拾樂觀和自信。

　　只是偶爾她會覺得，自己始終無法跟他變得真正親近。回到美國後，他漸漸變得很遲才回覆訊息，有時更是已讀不回。她可以看到他有更新臉書專頁，或回覆其他網友的留言，但他卻遲遲沒有回覆她的問好，彷彿自己是做錯了什麼惹他不高興，而不論她怎麼思考，還是無法得出一個明確的答案。是他在香港的工作太忙吧？還是她只是一個他在網上認識的普通年輕女生，他在見到她後，感覺她的真人與網絡的印象有著落差，所以才會漸漸變得不再像初認識時那樣投入和熱衷？又甚至是，

他從來沒有將她視作重要的朋友，他身邊有其他更值得關心與來往的好朋友，一切就只是她自己的一廂情願。

因此，後來與一航可以重新往來，她不敢再有半點怠慢，努力地去留住這一位生命裡重要的好友。

只是很多時候，她始終無法猜明白他的想法，她會覺得他內心有其他更重視的人，無論自己如何努力和靠近，都無法與他變得真正親近。

彷彿在他眼中，自己就是一位不能夠完全交心與信任的小妹妹。

他可以聽她的心事，但是他始終不會將心事告訴她知道。

程一航

8

每一年，他和 Elaine 至少會見面兩次。

他的生日是七月二十五日，她的生日是三月十五日。每逢
這兩個月份，他們都一定會在訊息裡相約對方，找一間從未去
過的餐廳，為對方慶祝生日。

而其他的月份，他們偶爾會約對方見面，但通常都是興之
所至，沒有固定的頻率或間隔。例如有一年，她失戀了，他們
見面的次數會比較多，全年總共超過八次。但到了下一年，就
只見了兩次。

又有一年，他們見了四次，當中包括生日各一次，中秋節
後一次，聖誕節前一次。有一年，他們就只見了一次，因為那
時正值疫情，餐廳晚上沒有開放，不能相約聚餐。

他知道她的工作相當忙碌，除了和男朋友談戀愛，她還會和不同的朋友見面聚餐，工餘又報讀了各種課程或興趣班，如果想約她，最好在三個星期前提出，對她來說這樣會比較好安排時間。所以有時就算突然心血來潮想約她，他也很快便會打消念頭。再者，如果本來沒有特別的事情要談，他又怕兩個人見面時有太多沉默的時間，那倒不如等她想見時，來主動約自己更好。

有一次，她傳訊息跟他說，剛剛去了日本旅行回來，買了手信給他，想找天約出來晚飯見面。他答應說好，最後約定了三星期後，十一月的第一個星期五，晚上在黃埔花園找一間餐廳碰面。

那天下班後，他就直接乘車到黃埔花園。他們約了下午七時，他在六時三十分就已經去到，於是他在附近的玩具店和影音店遊逛，等她下班回到黃埔花園了，到時她應該會致電來，約自己在哪間餐廳晚飯。

但等到七時十五分，她都沒有致電來。

他有一點擔心，想打電話給她，但是不知為何，他心裡有

一把聲音，叫自己不要撥出電話。然後他打開了她的 IG，看她的 stories 最近有沒有更新。

　　只見她上一次的 stories 更新，是下午時分，在公司拿著咖啡自拍。他再打開 messenger，見到她上一次在線時間，是兩分鐘之前。

　　然後過了一小時，stories 依然沒有更新，也沒有接到她的電話。上一次在線時間，是五分鐘之前。

　　他想過在她的樓下等她，但最後還是決定，離開黃埔花園。

　　除了因為他不想又再碰見她的母親，也害怕，當終於等到 Elaine 回來時，他未必可以再在她的面前完美假裝下去。

　　偶爾他會覺得，自己就只是她的心事回收箱。

　　漸漸又會發現，自己原來只是她其中一個心事回收箱。

　　雖然他也明白，一直以來，他對她始終沒有完全地交心，不會將自己的所有事情都告訴她知道，因此隨著兩人認識的時

間越來越長久，兩個人之間的誤解與隔膜，有時反而比起其他的朋友關係還要深。

例如，她不會知道，他曾經為了父親治病，而試過債務累累。他也不想她發現，自己現在的工作，其實已經離廣告創作的範疇很遠很遠，他現在已經沒有從前的熱誠與理想，每天就只是為了生存而營營役役，而不像她那樣仍然可以保存初心、為著理想的目標奮鬥。

他有時會取笑自己，這只不過是你自己的藉口吧。你又怎麼知道，她一定會介意這些？她可能是真心當你是好朋友，不會介意你的出身、職業、身分地位、薪金、居住地區、成長背景、能力是否優秀。你執意要這樣看她，根本是存心看輕她這個人，你無視或遺忘了她對你有過的溫柔與陪伴，實在沒有資格繼續去做她的朋友……

到最後，他還是會想到，自己不如不要再勉強去做她的朋友。

反正，自己本來最初就不是最想去做她的朋友吧？在最初最初，在見到她這個人之前，自己就已經對她有著不一樣的感

情，並不單純只是想成為她的朋友、好朋友、知己、樹洞、心事回收筒⋯⋯如果可以，自己是有多希望，有天能夠成為她的另一半，可以與她一起成長，一起經歷更多，一起結伴同遊，一起白頭到老⋯⋯如果可以，是有多麼想和她在一起，而並非眼睜睜看著她與別人走過不同的人生階段，自己就只能夠在旁打氣、祝福、假裝下去。

反正，自己始終不可能真的做到她的朋友吧？自己就只會是她的傾訴對象，而不會真的可以與她在友情的基礎上，互相陪伴互相理解，互相依靠互相成就吧？因為自己不會真正融入到她的世界，自己就像是一個旁觀者，只可以遠望，不可以參與。她最快樂的時候，自己不會第一個知道或見證，她身旁一定有其他感情更好的人，陪她一起經歷和分享當中的喜悅。自己不會知道她最滿足快樂時的模樣，不會知道她在一群人裡的時候，會有多吵鬧或有多安靜，她生氣或生厭的時候，又會有著怎樣的神態，她看著另一半的時候，那一種溫柔與自在，是會有多麼甜蜜和溫柔，是會有多麼耀眼和刺痛⋯⋯

總有一天，會有一個人可以將自己代替。總有一天，不會再有自己可以陪伴與遠望的時間與位置。總有一天，會有一個期限，提醒自己，再這樣自欺欺人下去，也是沒有意義，不會

有奇蹟出現。

　　總有一天，自己一直以來的自私與懦弱，還是要由自己承受回，那一個苦果。

　　想到這裡，他忍不住又苦笑了一下。或許那個苦果，現在已經提早來臨。其實他可以直接打電話給她，問她是不是忘記約了他，或是不是有事正在忙著。

　　但是當他看到，她的 stories 終於更新，相片裡她與其他朋友，一臉愉快地合照……他就變得不想再去主動聯絡她了。如果她可以完全地將他遺忘，那也是好的，這樣他就可以不必再有太多無謂的胡思亂想，也不會再一邊自欺然後又一邊委屈自己。

　　如果她從此不會再主動聯絡他，對他來說，那也是一種解脫。他無法做到不再去找她，但如果是對方不會再找自己，那樣他也只能夠接受。

　　只是當他終於回到家裡，他收到了她的訊息。

　　「對不起」

「對不起」

「對不起」

「我不小心忘記了，這晚原本是約了你」

「是我不好，真的很對不起」

「喂喂（ㄒ‿‿ㄒ）」

「你還在嗎……」

「你是在生我的氣吧……」

「你生氣也是應該的……」

「真的很對不起」

「你說句話吧，好嗎(*ⅴ°ᴗⅴ°*)」

「對不起……」

　　若是按照過往的做法，他應該會回覆她一個笑臉，告訴她自己沒有生氣，又或是說，自己這晚也約了人，忘了赴約，因此她也可以不用感到抱歉。

　　但來到這夜，他實在好想任性一次。

「二玲怪」

「……什麼？」

「為什麼是二玲怪？？？？(O口O)」

「因為你失約了啊」
「失約的人就是怪獸 -＿- 」

「……我們之前有這樣的規則嗎？」

「有 \ ＿ / 」

「……好吧」
「我是二玲怪……」
「(௳ᴗ͜ᴥ͡) 」
「你不會再生氣就好(͡๐ᴗ͡๐) 」

「下次吃甜品你請客啊」

「好的好的我都答應你 ^^ 」

　　他躺在床上，看著手機螢幕，之前本來一直鬱結的心情一掃而空，但臉上的微笑，卻也彷彿在慢慢凝固起來。

自己始終不會是她最重視的那一個人。

　　自己始終還是無法做到，勇敢一點去爭取，自己想要的人
與事⋯⋯還是無法真正做到，向她完全坦白自己的心意。

176

This is
your
happy ending

09／ 再追

This is
your
happy ending

張綺玲

9

2024 年 6 月 8 日，星期六。

平常放假，她都會和薛子文去約會。但是這天早上醒來，她忽然心血來潮，在 messenger 翻看從前的舊訊息。最後在 2014 年 6 月 8 日這一天，找到了和一航的對話。

原來是這一天。

她默然了一會，打電話給薛子文，告訴他這天有點不舒服，想自己一個人休息一下。然後談完電話，她繼續在床上坐了很久很久，直到快要十時，才下床去梳洗。

環看客廳一眼，母親與工人也不在家裡，大概是外出買菜去了。她慢慢換過衣服，拿了皮包，離家去到停車場。本來她

是想駕車出外，但看到自己的車子時，又忽然改變主意，轉身走到巴士站，乘搭 8A，啟程前往尖沙嘴。

不到十五分鐘，巴士抵達了總站，她下了車，走到海港城，走到第一次和一航見面時，他們光顧過的那間餐廳位置。

她在店外茫然看了一眼，記得在十年前，這裡是一間意式餐廳，現在卻已經變成了漢堡包店。她開始回想，自己有多久沒有來過這裡。於是她拿出手機，打開 Google Map，嘗試搜尋自己在這裡的到訪紀錄，但一個紀錄都沒有。

只是她又看到這個地點，之前曾經留下了一個紫色笑臉的 emoji 標記。接著她想起，自己在 Google Map 裡，曾經建立了一個清單，名為「1+2」。裡面是標記了，她和一航約見面時，曾經去過的餐廳。她打開清單，地圖隨即顯示出二十多個紫色 emoji 標記。

她隨意點閱了一些標記，只見有些餐廳已經沒再營業了，有些中午尚未開店，到晚上才會營業。之前約一航出來，他們絕大多數都是在晚上的時段，而且是平日晚上，通常都是在他們下班之後的時間。

這些年來，大概就只試過兩、三次，是約在中午或下午時間。第一次，就是在海港城。那第二次呢？她在地圖撥了好一會，看到有一個地方叫「寶時茶餐廳」。於是她離開了海港城，乘搭經過土瓜灣的巴士，坐了大約三十分鐘，來到茶餐廳門外。

　　可惜的是，原來這間茶餐廳每逢星期六休息。

　　她記得之前和一航來光顧那天，剛好是復活節假期，那天是星期一，她提議要約在這裡吃午飯。

「為什麼要約在這裡？ =| 」

「因為你寫的那篇故事裡，有提過這間茶餐廳呀 ｜ω•) 」

「但那就只是一間很舊式的茶餐廳……」

「但是我一直都想去啊」
「而且這間茶餐廳晚上也不會營業」
「難得遇上復活節假期，星期一不用上班」
「我們就約那裡等吧 ^^ 」

最後一航拗不過她，在復活節最後一天假期的下午，和她來到寶時茶餐廳。

推開門，他很熟練地領著她，從門旁的樓梯走上閣樓。

她心裡有點驚訝，平時她絕少會光顧茶餐廳，想不到這間從外面看似是很細小一間的茶餐廳，竟然會有閣樓樓層。

閣樓的食客不太多，他選了窗邊位置的一個卡位就坐，她側頭往窗外細看，可以見到剛才前來時路過的街市與樓宇。

忽然有一把中年男人聲音響起：「怎樣啊，今天帶靚靚女朋友來嗎？」

她回頭見到，有一個帶點白髮的男侍應，正在跟一航聊天。一航的臉上像是有點尷尬，笑著跟侍應說：「不是女朋友，是朋友。」

男侍應像是不信，輕輕「哦」了一聲，然後又問：「要吃什麼呢，B餐嗎？」

一航搖搖頭，說：「我待會再點，我跟朋友商量一下吃什麼。」

於是男侍應拿了兩杯水過來，又放下了兩份餐具在他們桌上，然後就去招呼其他食客了。她輕聲問一航：「你經常來這裡光顧的嗎？你似乎是他們的熟客啊？」

一航有點哭笑不得，對她點一下頭，說：「這間茶餐廳已經很多年了，小時候我爸爸偶爾會帶我來吃早餐。」

她仔細研究桌上的餐牌，見到列出了很多傳統的茶餐廳食物。然後又看到貼在牆上的茶餐、午餐和下午茶餐的餐單，實在花多眼亂，於是她又問一航：「剛才侍應提到的 B 餐，是什麼來呢？」

「那是常餐 B，有煎蛋、午餐肉、餐包、沙嗲牛肉麵，再附送一杯熱飲。」

「好吃嗎？」她小聲問。

「三十五元的水準，你不要期望太多。」他向她苦笑做個

鬼臉。

　　然後他們就點了兩份 B 餐，他為她的餐飲點了熱奶茶。餐飲很快就送來了，她喝了一口奶茶，覺得味道還不錯。但是當吃到之後送來的沙嗲牛肉麵時，她的期望值也終於降到最低。

　　「我明白你為什麼提醒我不要期望太高了……」

　　他忍不住苦笑一下，輕聲對她說：「不是特別難吃，但也稱不上好吃，是吧？」

　　「嗯，可能我自己會煮的話，會更加好吃。」

　　「真的嗎？」

　　「有機會我煮一次給你吃。」她對他笑說，又吃了一口麵，然後問：「為什麼你會常常光顧這裡呢？」

　　聽到她這樣問，他像是有點出神，卻沒有答話。直到她把麵吃完了，他又向男侍應點了一客西多士。不一會，男侍應送來一個裝有金黃色糖漿的玻璃壺，還有另一對乾淨餐具，又等

了大約十分鐘，剛煎好的西多士就送到桌上。

他用叉子和餐刀，首先將西多士上的牛油塗勻，再將正方形的西多士平均切成九份，倒上金黃色的糖漿，然後拿起另一根叉子交到她手裡，點頭示意她嚐嚐。

她用叉子刺向西多士角落的一塊，放到口裡，只覺得是傳統西多士的味道，糖漿、花生醬、麵包、牛油和蛋漿混集成濃郁的口感，她不禁回想起，小時候父親帶她去茶餐廳時，父親餵她吃西多士的回憶。

「好吃嗎？」他微笑問她。

「我覺得還好。」說完，她用叉子刺了另一塊西多士。

「小時候，我父親在假期時偶爾帶我出外玩，都會來這間茶餐廳吃午餐。他會點一客西多士給我，幫我切成九份，而他自己就只是喝黑咖啡，然後坐在這裡看報紙，一看就看大半個小時。」

「那⋯⋯你吃完西多士，有什麼可以做呢？那時有智能手

機嗎？」

「當然沒有啊。有時我會看他看完的報紙，有時就看餐牌，但大部分時間都會感到無聊，想他快點看完報紙，然後帶我去玩。」

說完，他望向閣樓角落一個卡位，卡位有其他食客正在用餐，她猜想那是他以前與父親曾經坐過的位置。他應該是有點懷念小時候的父親，所以才會在長大後，不時回來光顧這間茶餐廳。

那一刻她感覺得到，一航的表情，像是跟平時，甚至一直以來認識的他，有點兒不同。但是有什麼不同呢，在當時甚至在之後的日子，她始終都無法找到其中的差別。

他們在茶餐廳閒坐了一個小時，之後他又帶她到附近的高山劇場隨處亂逛。現在回看，其實那兒沒什麼值得特意去看或遊覽的景點，也許他只是想要懷緬一些往日的回憶。後來差不多到了黃昏，Daniel 致電給她，說忙完工作可以來找她。於是她向一航道別，截了計程車去與 Daniel 會合。

如今她重遊高山劇場，來到和一航道別的路口，她忽然想起，那時候一航有沒有告訴她，他之後是會去什麼地方呢？是約了人嗎？還是沒有其他事可做，直接回家？但是她始終無法回想起來，她就只記得，一航看著自己乘上計程車時，那一抹微笑。

　　她輕輕呼了口氣，看看手錶，還只是下午三時。於是她在 Google Map 搜尋了一會，走到附近的一個巴士站，乘上了 107 號巴士。在差不多一個小時後，她又去到了華富邨。

　　那是他們第三次在下午見面時，去過的地方。她記得那一次是她駕車前來。那時候她終於買了人生中第一輛完全屬於自己的房車，她在訊息裡跟一航說，以後就可以駕車和他去遠一點的地方晚飯，然後問他有沒有哪些想去的地方或餐廳，怎知道他說想去華富邨看日落。

　　「看日落？認真嗎？」

　　她不知道，他原來喜歡看日落。

　　「也說不上喜歡，但很久沒去了，我想去看看 =)」

於是她在六月的一個星期六，在黃昏時分，駕車載他去位於香港南端的華富邨。她將車子泊在邨裡的停車場，之後一航領著她，穿過一幢又一幢舊式的公屋，走了約十數分鐘，去到一個公園，一處可以從高處眺望大海的地方。

那時正值夏天，陽光仍然相當猛烈，他們身上都流了一點汗。她猜想可能還要再過半個小時，太陽才會開始落到大海。怎知道他卻回頭跟她說，還要再走大約五分鐘的路，然後就不等她回答或抗議，逕自領她走到公園的盡處，去到一條要往下走、旁邊滿是矮樹的樓梯。

他回頭向她示意一下，像是想要給她信心。他們往下走了一會，中途需要跨過一道欄杆，再往下走大約十來級，她突然感到迎面吹來了猛烈的海風，接著她看到眼前出現了一個漂亮的石灘，右邊是太陽將會落下的無際大海，背後卻有一道細小的瀑布，山水從崖上不斷傾瀉而下。她這才想起，這裡原來就是偶爾聽別人提起的瀑布灣。

她走到石灘上，涼風不斷從大海撲面而來，轉眼就已經吹乾了後頸的汗水。一航笑著回看她一眼，不知為何，她覺得他此刻像是無比高興，受到他的感染，她也忍不住開心地笑了起

來。他問她：「喜歡這裡嗎？」

她用力點頭，說：「喜歡啊。」

「這裡是我自己私藏的觀賞日落景點呢，每當我感到不開心，或是想起一些人時，就會乘車來到這裡，吹海風，看日落。」

「這裡真的很讓人放鬆呢。」

她閉起雙眼，任由清爽的海風，撫遍自己身上每一吋肌膚，一切的煩惱與鬱結，彷彿都可以一掃而空。

那時候，一航是故意帶她前來這個地方的嗎？

那時候，她與 Daniel 的感情時好時壞，心裡積藏了無數的想法與感受，卻始終沒有辦法好好告訴對方知道。

每天每夜，都只覺得無比疲累，但在其他人面前，為了不想親友擔心，於是仍然要繼續假裝堅強，假裝相信，一切困難都總會迎刃而解。

除了一航。

那一天，她在他的面前，在這一片大海面前，她終於忍不住，哭了起來。

他就只是靜靜地陪著自己，直到太陽開始落下了，直到自己終於找回，可以再往前走的力氣。

想到這裡，她微微笑了一下。

那一條往下走的樓梯，現在有一道更高的圍欄，圍欄上的牌子標示「禁止內進」。

不知道後來，他有沒有找到更好的地方，可以看海和看夕陽？

不知道此刻，他有沒有想看海的衝動，想念某一個回憶裡的人……

她深深呼一口氣，用力微笑一下，然後離開公園，乘巴士離開了華富邨。她沒在意自己乘上的巴士，是不是可以載自己

回家。到終站了，如果還沒到家，那就乘上另一輛巴士，再繼續往另一個終站進發。

以前她從未試過，這樣漫無目的地不停乘搭巴士，卻又想起一航以前曾經跟她提過，試過有一次這樣去乘搭巴士，結果轉了八次車，花了六個小時，才可以成功回到家。想到這裡她又取笑自己，為什麼又想起一航。她輕吸一口氣，看出車窗外，只見天色已經完全昏暗，自己原來已經來到了觀塘。於是她下了車，走到附近另一個巴士站，乘上另一輛巴士，前往樂華南邨。

一航以前從來沒有主動向她提過，他是住在樂華南邨。

她知道他住在九龍東，但她一直以為是觀塘區。直到有一段時期，一航一直已讀不回她的短訊，無論自己說些什麼，他始終都沒有任何反應。於是有一天下午，她向公司請了半天假，去到一航工作的公司附近，想要看看這位朋友，想要知道他為什麼一直已讀不回。

然後她差不多等到快要七點，她幾乎以為這天一航沒有上班時，一航才從大樓裡，微微低著頭離開。

然後她靜了。感到全世界都靜了。

因為她從來沒看過，他如此憔悴落寞的表情。

過往，在她的面前，他總是表現得自信，溫柔，不拘小節，可以讓她依賴，可以輕易為她解決內心各種疑難。

而現在眼前的一航，沒有笑容，雙目無神，幾乎可以用「行屍走肉」這個詞語來形容他。那刻她才發現，自己對一航的了解，原來是這麼的片面和不足夠。

她默默跟在他的背後，默默跟他乘上巴士，默默坐在他身後，但是他都沒有發現。她有想過，是不是要向他打招呼，但是她不知道，這一刻他想不想見她，他想不想讓別人看見，他的這一種姿態。

他雙耳戴著有線耳機，不知道正在聽著什麼歌曲。巴士不一會駛到終站，他等到大部分乘客下車了，才站起身來。她繼續悄悄跟在他的身後，下了車，穿過屋邨的商場，走到他所住的大廈。她有點猶豫是否應該繼續往前走，因為走進大廈後，一航會有很大機會發現自己。於是她只好停下腳步，看著他走

進大廈裡，默然看著上面密密麻麻的住宅單位好一會，才讓自己轉身離開。

後來，她又試過兩次，這樣子等他下班，默默跟在他的身後，在不讓他發現的情況下，陪他回家。

她一直都想知道，他為什麼會變得這樣憔悴。只是在他們之間，沒有任何共通朋友，他在臉書專頁與 IG 裡，也從來不會提及自己的私事。

但她還是好想讓他快樂起來，還是好想再次見到，他那一張充滿自信、會溫柔地看著她的笑臉。

於是，等到他的生日，她帶著準備好的禮物，從中午開始就守在他的家樓下，等他出現，希望可以給他驚喜，希望能夠為他打氣。

那天一直都在下雨，她撐了很久的傘，覺得有點累有點冷，但是她始終沒有放棄，一心一意想要從路過的住客裡，找到屬於他的身影。

是什麼原因，驅使那時候的自己，在這裡守候他出現呢？

如今她站在他的家樓下，茫然地往上看，只見他所住的單位正亮著燈，此刻他應該是正在家裡。

只要自己有勇氣，走進大廈裡，只要自己有決心，去按動他的門鈴，她就可以再見這一位，已經很久沒見的朋友。

這一位，已經認識了十年，她最重視最在意的，朋友，知己……

然後就在這時，她看見他所住的單位，變得漆黑一片。

她心裡一動，走到曾經默默守候他出現的角落，在那裡可以清楚看到進出大廈的住客臉容。

五分鐘後，她看見一航，微笑著從大廈裡走出來。

在他的身後，有一個笑得很甜的女生。女生的臉上，有著一個迷人的酒渦。然後兩人有說有笑地離開了大廈，離開了她的視線範圍。

她依然站在角落裡，繼續看著其他不認識的住客進出，彷彿她還未等到，那一個自己想要守候的人。

　　直到一道涼風，輕輕吹落在她的手臂，有一點雨水，悄然從她的臉上滑落。

　　她忽然感到，內心莫名地刺痛了一下。

　　那是一種已經很多年未嘗過的痛。

　　一種一切已經完結了，不會再重來的痛。

程一航

9

2023 年 3 月 10 日。

那天早上，一航正準備離開公司出外見客戶，他工作用的手機忽然響了起來。

這部手機通常是用來拍攝工作用的照片，或是用作公司手機 app 的測試機，偶爾他也會用來與下屬在訊息裡通訊，但平時如果別人要找他，也不會打電話到這個手機。

他拿起手機，見到有一組未見過的手機號碼，心裡猜想會不會是詐騙電話，但他看到電話號碼最後的三個數字，是「315」，心裡不由得一動，於是按鍵接聽了。

「喂。」是一把女性聲音。

「喂。」

「請問是 Edan 嗎？」

Edan 是他的英文名，但他平時極少向人提及，就只有一些很熟的朋友，例如 Elaine，才會知道這個名字。

然後當他想到這裡，他突然猜到，這把女聲的主人是誰了。

「你好，我是 Elaine 的媽媽。」

果然如此。他心裡苦笑一下，又不禁有些不安，於是拿著手機和背包，離開了公司，邊走邊回答 Elaine 媽媽：「你好，請問找我是有什麼事嗎？」

「Elaine 這幾天沒有回家……你知道她去了哪裡嗎？」

他心裡一愣，這陣子他與 Elaine 沒有怎麼在訊息裡聊天，一時之間也反應不過來。Elaine 母親沒有聽見他的回覆，於是又問：「請問你現在方便談電話，或是見面嗎？」

見面？他心裡嚇了一跳，但接著就回覆她：「可以的，你想幾時、地點？」

然後他們約在他公司附近一家咖啡店，三十分鐘後，他就見到 Elaine 的母親前來。跟他過去幾次碰到她時一樣，她這天也是穿著行政套裝，並拿著一個名貴的 Gucci 手袋。

他記得上次在 Elaine 家樓下碰見她母親，那時候她是手挽一個 Chanel 手袋。後來他無意中在網上看到，那一款手袋的二手價格超過十萬港幣。

那一次在她的家樓下，遠遠碰見她，原本他打算裝作沒有看見，怎知道她又首先開聲叫住了他。基於禮貌，他只好停下腳步，向她打聲招呼回應。

Elaine 母親走到他面前，微笑問：「請問可以告訴我你的名字，還有電話嗎？」

他當下心裡一呆，然後忍不住想，Elaine 的母親未免管束得她太嚴格了吧，竟然會去過問她的交友，還要去拿她的朋友電話。

只是對方接下來的說話，讓他又不能夠發作：「我知道這樣向你提出，你可能會感到有點冒犯或不舒服……在這裡請容我先向你說聲抱歉。」

　　他感受得到，她語氣裡的溫文與歉意。只是對於要給她電話號碼這件事，仍是覺得無比奇怪。她看著他好一會，又再解釋：「其實我知道你是她的好朋友，所以才想問你電話……我知道這樣做是有點奇怪，如果你不想給，我也不可以勉強你，我明白的，也真的很抱歉。」

　　他忽然覺得，自己實在招架不住 Elaine 母親的語言偽術，不得已，他決定給她自己工作用的手機號碼，告訴她自己的英文名字。他心裡暗想，如果將來有任何麻煩，就直接封鎖她的來電，或是關掉電話算了。

　　Elaine 母親禮貌地道謝，又向他送上自己的名片，上面寫著她是某個大集團的副行政總裁。他當時心裡苦笑一下，將卡片收起，然後趕緊向她道別，不想再與她有更多牽連。

　　後來，他一直都沒有收過她的來電，兩年過去了，他幾乎都忘記了曾經有過這一件事。想不到，自己有天竟然會跟 Elaine

的母親，相約在咖啡店裡，單對單地見面。

　　他們各自點了一杯黑咖啡，然後他一直沒有作聲，靜靜等著她開口。在等她前來的時候，他其實已經從 Elaine 的 IG 裡，知道她現在身處哪裡。但是他不想先將一切說破。

　　過了一會，Elaine 母親像是明白他的想法，輕輕嘆了口氣，說：「Elaine 在兩天前開始，就沒有回家。」

　　「她沒有跟你提過，會去哪裡嗎？」

　　Elaine 母親微微搖頭，又苦笑了一下，說：「在這之前，我們曾經吵過一架，之後我就沒有再見過她。打電話給她，她也沒有接聽，訊息也是沒有回覆。」

　　「你們是為了什麼吵架呢？」

　　Elaine 母親看著他，像是不想回答，但過了良久，她還是說了：「那天我跟她說，為什麼要為了一個男人變得如此消沉……是那個男人配不起你，你們再繼續在一起，也是不會幸福……怎知道她聽到後，反應很大，我從未見過她這麼生氣……她說

不想再受到我的束縛，然後就離開了家門，沒有再回來。」

　　他心裡嘆息，想起自己也未曾看到過，Elaine 生氣時的模樣。平常她總是會表現得不想讓任何人感到為難。她很懂得照顧別人，但偏偏她最不懂得照顧自己，就只知道要活在別人的目光與標準裡。

　　「容許我問一個問題嗎？」他向 Elaine 母親說。

　　「請說。」

　　「Elaine 之前跟 Daniel 在一起了快五年，但最後還是分手……你有想過是因為哪些原因嗎？」

　　Elaine 母親沒有想過，他竟然會問這一種問題。她默然了一會，然後說：「因為他們本來是兩個世界的人，他們很難成為心靈完全契合的一對伴侶。」

　　「心靈完全契合……」他忍不住重重苦笑一聲，心裡想，果然就如自己以前猜測的一樣。他續問：「請問應該要如何做，才可以達到心靈完全契合的境界呢？」

她不是聽不出，他話語裡的諷刺意味。她冷冷地說：「我看人向來都很準，就好似她之前的男朋友，我很早都看得到他們的結局。」

　　「伯母，你看人可能是有點直覺，但容我冒犯地說一句，你跟你的前夫最後離婚收場，在最初的時候，你有看得到這一個結局嗎？」

　　「……我只是不想 Elaine 重蹈我的覆轍。而事實證明，她與那個 Daniel 還是無法走到最後。」

　　「是的，他們的確是沒有走到最後，但是你可能不知道吧，你的價值觀，對你的女兒帶來了多大的影響。」說完，他輕輕嘆一口氣。

　　「她肯聽我的話，是好事。」

　　「問題是，她一直都無法好好去分辨清楚，自己真正想要什麼，不想要什麼，因為在這些想要或不想要的前方，有你這位母親的個人標準，為她的未來先行評分。」

Elaine 母親這次沒有答話。

他繼續說下去：「這個世界，本來就很難完全找到，心靈完全契合的兩個人。有些情侶可以做到，但有更多的情侶，直到老死了也未能做到。那麼是不是就等於大部分情侶，最後都不可以得到幸福呢？我認為不是這樣的⋯⋯這一個世界，如果只有找到一個百分百相配的人，如果只有跟這個人在一起了，自己才值得去擁有幸福，才可以不孤單，才不會被背叛⋯⋯那麼這一個世界，不是太過殘酷了嗎？生活在這個世界的人們，不會都太過寂寞嗎？」

這一番話，他以前曾經想過，要找一個適合的時間和氣氛，告訴給 Elaine 知道。

但想不到，他一直沒有找到機會，卻在這一個意料之外的上午，對她的母親說了出來。

「你不覺得，你這樣的想法，不是有點天真嗎⋯⋯這個世界本來就是殘酷的。」Elaine 母親輕聲地說。

「如果我是天真，那麼追求心靈完全契合的人，不是也很

天真嗎？但每個人都應該有他自己的夢與理想，這樣才會活得真誠，但⋯⋯我們沒必要勉強另一個人，也要跟從自己的夢或理想，結果埋沒了真正的自己。」

然後，他感到 Elaine 母親的目光，像是有點看穿了自己的心事。他輕輕微笑一下，繼續說：「其實你的女兒，最後會和 Daniel 分手，才不是因為什麼心靈不能完全契合這個原因。」

「⋯⋯那真正的原因是？」

「她只是沒有以前那樣喜歡他，如此而已。」

Elaine 母親聽到了，忍不住重重苦笑了一下，然後對他說：「你真的很了解她呢。」

他低下頭，臉上依然保持微笑，沒有回答。

「你知道她在東京，是嗎？」Elaine 母親問。

「你果然一早知道。」他回道。

「那⋯⋯你會去找她？」

「⋯⋯為什麼我要去？」

但 Elaine 母親就只是對他微笑一下，沒有再回答，然後在桌上放下了一百元紙幣，離開了咖啡店。

他看著對面的空座位，茫然了好一會，心裡有一把很輕很輕的聲音，不斷反問自己：要去嗎？

去年秋天，Elaine 與 Daniel 分手後。他與她一直都有在訊息裡聊天，有時每星期兩至三次，有時每兩星期一次。有時他故意已讀不回，有時她也開始變得沒有回覆。

他知道她的個性，直到現在，她依然很喜歡和朋友在訊息裡聊天，但如果對方總是回覆得很慢或不回覆，她漸漸就不會再主動傳訊息給那個人。

這樣的話，自己就不會再像上一次那樣，陷得太深。

因為他相信，她有天總是會遇到另一個會對她很好很好，

會更懂得珍惜她、可以陪她走到最後的人。

一定會有這一個人出現的。

所以，就算沒有自己陪伴她度過這段時期，她一定還可以
得到其他朋友的愛護與支持，她一定可以撐過去的……

他一直都這樣告訴自己。

但，真的是這樣嗎？

他打開手機螢幕，在她的 IG stories 裡，看到她貼出的一些照
片，例如在新宿街頭遇到的日落，在拉麵店吃的豬骨拉麵，在
吉祥寺公園拾到的一片紅葉。他知道，她現在只有自己一個人。

以前她和 Daniel 在一起時，他們約定過，疫情後一定要一起
去東京旅行。他知道，她仍未可以完全放下，仍未可以真的放
過自己。

他又重重嘆了口氣，然後拿起手機，打了一個電話回公司。

兩天後，他帶著行李箱，一個人來到了新宿。

其實這是他第一次去新宿旅遊，但幸好現在科技發達，憑藉手機的各種功能，他至少能夠在地圖找到下訂的酒店，並與當地人做有限度的溝通。

他給自己三天期限，如果在這三天裡，自己沒有碰見 Elaine，他就會回去香港。

其實他知道 Elaine 完全有能力照顧自己，她只是想一個人散散心，未必需要別人的陪伴。現在他來東京找她，表面上是擔心她自己一個人會不會遇到意外，但其實他心底裡也想給自己一次機會。如果真的幸運地，可以在茫茫人海裡碰到她，自己到時就要鼓起勇氣，向她坦白自己一直以來的心意與感情。

在此之前，他已經整理了，過去幾天 Elaine 去過的地方，再另外列出她可能會去的景點。他計劃要逐個前往那些地方，碰碰運氣。

只是東京實在太大了。

漫無目的地找了兩天，他始終沒有碰到她。每天晚上，她都會在 IG stories 裡，分享自己當天去過的地點，那些完全是他意料之外的地方。他有想過，不如在訊息裡裝作不經意地問她，明天會去哪些景點遊覽。但是他又覺得，這樣已經違背了自己當初定下的規則，不再是純粹的偶遇。他不禁感到有些心灰，同時也為自己對她的未夠了解，而覺得可笑。

　　到第三天，他大清早就離開了酒店，繼續走遍東京的不同景點，希望可以找到她的身影。但直到晚上，還是找不到。

　　他沮喪地走回自己的酒店，經過新宿中央公園，想起隔鄰的東京都廳 45 樓，可以看到璀璨的東京夜景。他心念一動，決定上去東京都廳的南展望室看一下，打算以東京的夜色，為自己這趟短暫旅程，留下最後一個紀念。

　　卻想不到，他在東京都廳的南展望室，終於遇見了 Elaine。

　　她自己一個人，站在玻璃窗前，默默欣賞展望台下東京都區的繁華燈火。但比起東京的璀璨夜景，他只覺此刻的她，更加明亮、更加耀眼。

是因為過去這三天，自己一直都在尋找她，對她已經累積了太多思念？還是自己從未看到過，她這一刻的神情……那是一種毫無防備或掩飾的自然純粹，沒有為了想要討好誰，而勉強或掩飾自己，沒有為了符合誰的期望，而假裝快樂和堅強。

他從未看過她這一刻的眼神，恍如一位安靜的小女孩，但是始終等不到人疼愛而感到落寞。

他悄悄地拿出手機，用鏡頭留住了這一個不一樣的她。

只是下一秒鐘，卻又見到她突然坐倒在地上，他忍不住嚇了一跳，收起手機走到她身邊，扶著她站起來。他聞到她的身上，帶有一點點類似清酒的氣味。他忍不住輕聲問她：「傻瓜，你喝了很多酒嗎？」

她聽到了他的聲音，微微抬起頭來，帶著醉意笑問：「你為什麼來了啊？」

「我……是來找你的。」他心裡輕輕嘆口氣。

「找我？為什麼來找我？」

他輕扶著她，估計她體內的酒精應該開始發作，接下來的時間，她就只會越來越神智不清。他連忙問她：「你是住在哪間酒店呢？」

「世紀……南悅酒店。」

說完這一句，她的頭輕輕倚落在他的肩膊上。他心裡實在哭笑不得，慶幸的是，自己在她酒醉時剛好找到了她，否則她自己一個人在東京醉倒街頭，那就十分麻煩。

他扶她坐在旁邊的椅子，在 Google Map 搜尋世紀南悅酒店的位置，然後又在她的背包搜索，成功找到了酒店的房卡。他輕聲問她：「我送你回酒店好不好？」

「我想在這裡……再坐一會。」她緩緩回說。

於是他只好繼續讓她倚靠著，默默欣賞眼前的東京夜色。過了一會，他聽見她這樣問：「如果有天，我找到一個喜歡我、懂我、會珍惜我的人，而我也喜歡這個人……到時候……你會祝福我嗎？」

他輕吸一口氣，回答她：「不會啊。」

「……為什麼？」

「每次你跟別人戀愛，都總是有一大堆感情煩惱、胡思亂想，你還嫌我現在不夠煩嗎？」

「你！」他感到她的頭顱微微抬起，像是想要看清楚他的樣貌。她續說：「這應該是夢吧？程一航才不會對我說這樣的話啊……」

他心裡苦笑，反問她：「程一航應該會說哪些話呢？」

她輕聲說了幾句話，但是他一句也聽不清楚。過了一會，她又這樣說：「他一定會支持我的，在這個世界，就只有他會永遠支持我。」

「那如果……」他微微低下頭，繼續問下去：「如果程一航喜歡你呢，你會喜歡他，和他在一起嗎？」

她聞言後像是呆了一下，但她接著又這樣回答：「我是不

會和程一航在一起的⋯⋯」

「⋯⋯為什麼？」

「因為⋯⋯他是我最重要的朋友啊，永遠都不會改變。」

他幽幽地笑了。

後來，東京都廳到了關門時間，他抱著她離開了。

在街上截了一輛計程車，回到她所住的酒店。他用她的房
卡打開了房門，將她輕輕放到床上。

他到浴室弄了一條濕毛巾，放在她的臉頰上輕敷，又餵她
喝了一點熱茶。她依然醉到不省人事，於是他為她脫去鞋子和
羽絨外套，替她蓋好被子，然後坐在窗邊的沙發上，默默看著
這一個自己最喜歡的人，回想過去這些年來，所經歷過的點點
滴滴。

忽然房間裡的時鐘響了一下，原來是踏入凌晨零時的報時
訊號。他看看手錶，已經來到了 3 月 15 日，是她的生日。

他看著床上的她，心裡有一點感慨。過去的每一年，自己都未曾試過，可以在她生日的那一天，和她見面甚至慶祝。每次就最多透過短訊或電話，向她送上祝福，然後就等她過幾天有空了，才能夠約出來一起晚飯慶祝。

但想不到來到這一年的 3 月 15 日，自己竟然可以伴在，她的身邊……

只是她想要陪伴的人，未必是自己而已。

「生日快樂。」

他來到床邊，輕聲地對她說。

她彷彿聽見了他的祝福，又還是正在做著好夢，臉上終於浮起了一個甜蜜的笑容。他想起了，這晚最初見到她時，那一張純粹的臉。於是他拿出手機，將之前拍到的照片，傳送到她的手機。然後替她關上房燈，悄然離開了。

第二天早上，他在 messenger 跟她說生日快樂。

過了不久她就回覆答謝，接著又問他何時有空，等她從日本回到香港後，約出來給他手信。

　　他看著螢幕，微微笑了一下，然後拉著自己的行李箱，離開了酒店，離開了東京。

　　離開這一場，永遠都不會屬於自己的夢。

214

This is
your
happy ending

10/ 結束

This is
your
happy ending

「喂。」

「喂。」

「你現在有空談電話嗎？」

「有空啊……你說吧。」

「嗯……是這樣的，我想，我是認真喜歡了他。」

「那不是很好嗎？」

「但是我沒有信心，和這個人在一起……」

「為什麼沒信心呢？」

「我不知道，現在我們在一起了，將來我又會不會後悔這個決定……會不會在過了一段時間後，甚至是更漫長的日子，我才發現自己原來選了一個不對的人，自己其實並不是很喜歡這一個人。」

「嗯……」

「反而，如果不嘗試去展開這一段關係，繼續享受眼前這一刻的甜蜜與曖昧，我們可能可以走得更遠？至少仍然可以繼續做一對，互相關心，互相扶持的好友……就算有天，這份喜歡不再歷久常新，但至少也不會有任何一方提出分手，然後變回一對不會再見的陌生人。」

「你真的認為是這樣嗎？」

「……你認為不是嗎？」

「唉……不如我告訴你一個故事吧，一個想要跟喜歡的人做朋友的故事。」

「嗯。」

「從前有一個男生，他很喜歡一個女生。可是男生很缺乏自信，總是會覺得，女生不會喜歡自己，自己的條件實在配不上女生。有一天他想，與其將來有天會被女生發現自己的心意，然後被她拒絕，連朋友也做不成，那倒不如，不要將自己的心

意表露出來，繼續守在女生的旁邊，繼續去做她的好朋友，以
這一個身分去愛她、關心她，不是也可以嗎？這段關係不是可
以更長久嗎？」

「就跟我的想法一樣。」

「嗯，於是男生決定實行這個計劃，從原本想要跟女生在
一起這個目標，變成去做女生最好的朋友。最初他以為自己可
以做到的，只是女生本來還有很多很多好朋友，女生也不可能
只是和男生一起遊玩。而更重要的是，女生也會有喜歡的對象，
會想跟別人談戀愛、在一起。每次男生看到女生牽著其他人的
手，看到女生在他面前，甜蜜地提起自己的另一半，男生都會
後悔，自己當初為何要做那一個決定，為什麼最初不勇敢一點
告訴女生，他其實是喜歡她的，他也好想好想，跟女生永遠在
一起。」

「但他們……仍是朋友。」

「對，男生和女生仍是朋友，一年過去了，三年過去了，
五年過去了，八年過去了……他們仍然是朋友，但他發現，自

己並不是女生真正的朋友，因為他始終無法向女生坦白自己的真心，在他們之間總是存在著一點隔閡，他們始終不能像其他好朋友般那樣親近，那樣互相了解。男生會因為女生始終不明白自己的想法而感到心灰，女生也會因為始終無法理解男生的想法而感到不安。於是，男生與女生的友誼漸漸轉淡，他們沒有說分手，但是每年都未必會見面一次，後來更是變成沒有再見。然後有天男生才明白自己的心理……他想要去做女生的好朋友，除了希望自己可以用朋友的方式，去默默對她好，其實男生心底裡也希望，有天女生會終於明白，男生的真心與感情……」

「但可惜的是，女生一直都沒發現到嗎？」

「是的，所以到了最後，男生也只好放棄，不要再繼續勉強做女生的好朋友。」

「這樣……真的有點可惜呢。」

「是可惜，但這個故事教訓我們，曖昧始終不會是愛情或友情的終點站……那些快樂總會有完結的一日，到時候你會被迫去面對或思考，你真正想要些什麼，而對方的選擇及心意，

未必會再和你一樣。」

「……之前都沒聽你提過，這一個故事呢。」

「喜歡這個故事嗎？」

「說不上喜歡，但很有真實感。」

「嗯，因為是朋友的故事來呢。」

「原來如此……我現在可以有多一點決心了，我想向他告白。」

「難得這麼主動啊？」

「也不一定呢，可能最後還是會等他來向我告白……呀，說一件事情給你知道。」

「什麼事呢？」

「有一次，我和他出外吃晚飯，我不小心喝醉了，於是他

送我回去他的家休息，等我酒醒，但那個晚上竟然什麼都沒有發生……」

「啊，原來你是期待要有事情發生。」

「不是啊！……我只是想告訴你，他真的是一個正人君子呢。」

「那真的很不錯啊。如果你是認真喜歡他，就要好好珍惜他，不要讓自己錯過這個人了……有時最怕的是，你錯過了第一次，之後就會有更多理由或藉口，讓你錯過第二三四次，更多更多次。」

「嗯，我明白了，謝謝你。」

「嘩，已經三點了啊，要睡了吧。」

「是啊，原來已經這麼晚……」

「好像很久沒有試過，在這個時間和你談電話呢。」

「對啊，真的很久沒有試過⋯⋯」

「嗯，那麼你快點睡吧。」

「好的，晚安。」

「晚安。」

「拜拜。」

This is
your
happy ending

「拜拜。」

兩天後，她在訊息裡告訴他，自己和薛子文在一起了。

他看著訊息，想過回覆她「恭喜」，又想過回覆「太好了」，但總是覺得言不由衷。

最後他選擇只是回覆一個笑臉。

告訴自己，這樣就已經很好。

就已經足夠。

This is
your
happy ending

後來，她偶爾都會回想，自己最後一次和他談電話，這一段對話內容。

還有那一個，他朋友的故事。

後來，她看到他的 IG，貼了與那個酒渦女生的合照。她有一種直覺，這個女生就是他十年前所寫的那個故事裡，真正的女主角。

他終於可以重遇她了，真好。

自己是否還會和他繼續友好，也已經不緊要了。

就算偶爾還是會有一點刺痛。

還是會偶爾夢見。

225

This is
your
happy ending

226

This is
your
happy ending

11／ 餘震

This is
your
happy ending

「這個微縮玻璃盤景⋯⋯很漂亮啊。」

「啊⋯⋯謝謝你說漂亮。」

「之前一直都沒有留意到，你在這裡放了這個玻璃盤景呢，你應該是打理了一段不短的時間吧？」

「看得出來嗎？」

「是啊，你看那些枝葉，是這麼茂密翠綠。」

「之前這個盤景原本是放在家裡的，直到最近我才帶回公司擺放。」

「原來如此，你已經打理了多少年了？」

「好像有六年吧。」

「這麼久！是別人送的嗎？」

「嗯。」

「真是一份很有意義的禮物呢。」

「嗯……」

「你好」

「你好」

「我很喜歡你在 IG 寫的那個故事呢，覺得真的很寫實」

「謝謝你喜歡啊（◑•‿•◑）」

「我可以向你請教一些感情煩惱嗎？」

「可以的 ^^ 」

「如果我也好像故事裡的女主角般，喜歡了自己的朋友，已經很多年了，但是他也已經有另一半……我是否不應該告訴他知道，我的心意呢」

「我想，沒有什麼可以或不可以呢……」
「但你要有心理準備」
「如果有天，你真的告訴他了」
「這一段友誼，可能就會正式完結」

「你對他的這份單戀，也會正式變成一段回憶」

「一段不可以再追的回憶」

「但我想，這樣你應該可以再重新開始吧」

「因為你是那樣認真地，為自己的感情勇敢了一次」

「即使最後沒有得到你最想要的結局」

「但你已經好好愛過這一個人了」

「之後，你一定會更懂得如何去愛的」

「愛別人，還有愛自己」

「謝謝你的回答啊」

「我知道應該要怎樣做了」

This is
your
happy ending

「嗯」

「加油啊」

「加油」

232

This is
your
happy ending

後記

但故事的最後

結果這個故事，寫到最後，還是與原本最初的計劃，有很大的偏離。

　　一直想試一次，寫一個 Happy Ending 之後的故事。我們平時看小說、劇集、漫畫、電影或短劇，通常都會期望能夠喜劇收尾，如果主角在結局時可以得到一個值得的回報，觀眾就會感到心滿意足。

　　但在現實情況下，永遠沒有一個真正的結局。人生是一場探險，每一個人都會朝著不同的目標努力前進。偶爾我們可以成功完成一些目標，得到相應的回報，但當完成後，也會延伸出相應的新目標與意外。然後，有時會繼續成功下去，有時會遇到失敗。然後當你有天回頭看，之前那一個曾經被你視作最美好的結局，你會依然為它而感到自豪或滿足嗎？還是偶爾會想，如果那時候自己並不是走上了這一條道路，之後的人生是不是會有不一樣的發展，如今自己是否不會再感到有點遺憾，或若有所失。

　　即使你清楚知道，人生是無法從頭再來，當初是自己選擇想要追求那一個目標與理想，如今實在不應該再回望或後悔太

多。但理性是應該要這樣處理或看待，只是這一些迷思及情緒，也是會影響我們往後的選擇與步伐。有些人或會繼續勇往直前，有些人或會漸漸感到迷失。有些人或會在不斷選擇錯誤後，終於累積一些經驗與智慧，日後會更懂得避免再受傷，或是更懂得去愛。也會有些人總是無法學懂，甚至逃避去面對與反省自己的不足，最後變得更傷痕累累。

在撰寫這個故事的過程裡，意料之外地，回想起很多很多往事。本來與編輯說好，五月可以完稿，但這幾個月實在有太多變故發生，一些早已定好的計劃無可避免地受到影響。結果這個故事就是在時間變得無比緊迫的意外情況下誕生出來，然後我也在過程中，在不知不覺間投入了一些原本沒有預期過的情緒，並重新去反思一些從前一直逃避面對的曾經。這樣的經驗有好處也有壞處，但這一次也讓我更加體會到，原來有很多事情，自己還是未可真正看得通透。

我想，這一個故事，未必可以得到太多人的喜歡。但如果你能夠看到這裡，能夠在這個故事裡，找到一點共鳴或方向，那對我來說，就已經是很大的鼓勵了。謝謝你們。

最後，感謝呂爵安〈油麻地莎士比亞〉這首歌，支撐我完成故事的後半部分。

願大家身體健康。一起加油。

Middle

2024.06

當 你 們
終 於
在 一 起

MIDDLE 作品 14

當你們終於在一起 / Middle著. -- 初版. -- 臺北
市 : 春天出版國際文化有限公司, 2024.07
　　面；　公分. -- (Middle作品 ; 14)
ISBN 978-957-741-886-9(平裝)

855　　　　113007720

作　　　　者　Middle
總　編　輯　莊宜勳
主　　編　鍾靈
封 面 設 計　克里斯
排　　版　三石設計

出　版　者　春天出版國際文化有限公司
地　　址　台北市大安區忠孝東路四段303號4樓之1
電　　話　02-7733-4070
傳　　眞　02-7733-4069
E ─ m a i l　story@bookspring.com.tw
網　　址　http://www.bookspring.com.tw
部　落　格　http://blog.pixnet.net/bookspring
郵 政 帳 號　19705538
戶　　名　春天出版國際文化有限公司
出 版 日 期　二〇二四年七月初版

定　　價　380元

總　經　銷　楨德圖書事業有限公司
地　　址　新北市新店區中興路二段196號8樓
電　　話　02-8919-3186
傳　　眞　02-8914-5524

This is

your

happy ending

This is

your

happy ending